KB078539

절대호위

護衛

문용신 新무협 판타지 소설

절대호위 7

문용신 新무협 판타지 소설

초판 1쇄 찍은 날 § 2014년 7월 16일
초판 1쇄 펴낸 날 § 2014년 7월 23일

지은이 § 문용신
펴낸이 § 서경석

편집책임 § 한준만

펴낸곳 § 도서출판 청어람
등록번호 § 제1081-1-89호
등록일자 § 1999. 5. 31
어람번호 § 제2-2597호

주소 § 경기도 부천시 원미구 심곡2동 163-2 서경B/D 3F (우) 420—822
전화 § 032-656-4452 팩스 § 032-656-4453
http://www.chungeoram.com
E-mail § chungeorambook@daum.net

ISBN 979-11-04-90319-9 04810
ISBN 979-11-316-9156-4 (세트)

천뢰

절대호위 護衛

7

문용신 新무협 판타지 소설

FANTASTIC ORIENTAL HEROES

도서출판 청어람

절대호위

目次

第一章

성물의 행방

낄낄, 절묘하게 짜여진 상습은 우연으로 포장이 가능하지.

—궁외수

"멈춰!"

고함을 지르며 싸움판에 뛰어든 외수.

'송야은', 그리고 '북해 빙궁'이란 말에 시시와 반야 역시 휘둥그레졌다.

"할아버지, 저들이 북해 빙궁 사람들이에요?"

"그래. 그렇다!"

"저기 저 도둑이란 분은 비천도문의 문주, 신투 송야은이고요?"

"그를 알아?"

"귀수비면 송일비… 님의 아버님이잖아요."

"엥, 아들놈도 알아?"

"……"

시시는 이 기막힌 상황에 어안이 벙벙할 정도였다. 정리가
필요했다.

"그러니까 비천도문 송 문주께서 북해 빙궁이란 데를 가서
무언가를 훔쳐냈고, 그걸 할아버지께서 도검을 만드는 데 써
버렸단 말인 거죠? 저희가 잘못 들은 게 아니죠?"

"뭐냐? 왜 너희들이 이리 흥분해?"

"아니요. 너무 기묘해서요."

"뭐가 기묘해?"

"얽히는 인연이요. 지금 송 문주님의 아들이 극월세가에
있고 그는 궁외수 공자님의 친구예요. 그리고 공자님이 북해
빙궁을 찾아야 할 일이 생겼는데 할아버지께서 연결을 시킨
거예요."

"뭐? 녀석이 왜 거길 찾아?"

"나중에 설명할게요."

시시는 반야를 돌아보고 다시 외수가 뛰어든 싸움판으로
시선을 고정했다.

"네놈은?"

"미안하오. 잠깐 멈추시오!"

여인들이 방해를 하며 끼어든 외수를 알아보았다.

"결국 한패였더냐?"

"그런 건 아니지만 방금 그와 인연이 있는 사람임을 알게 됐소."

"그래서?"

모자에 달린 긴 면사를 뒤로 넘겨 얼굴을 드러낸 여인들. 아름답고 수려한 용모와는 달리 내뿜는 살기가 한겨울 칼바람 같이 매서웠다.

"당신들이 찾는 물건, 정확히 어떤 것이오?"

"……."

왜 그런 것을 묻느냐는 듯 노려보는 여인들.

"말해주시오. 사태를 해결하기 위해 그러는 것이오."

"본 궁의 성물인 만년빙옥(萬年氷玉), 빙정이다."

"성물?"

외수는 사태의 심각성에 침음을 삼켰다.

송야은을 돌아보는 외수. 과연 천하제일 도둑이라더니 세상 사람들이 알지도 못하는 곳의 신성한 물건까지 훔쳐낸 그가 놀라움을 넘어 경탄스러울 정도였다.

짧은 틈이라도 휴식을 취하려는지 주저앉아 있는 송야은.

"곤란하군. 쩝!"

"무엇이 곤란하단 것이냐?"

다그치는 여인들.

외수는 마음을 다잡고 다시 물었다.

"미안하오만 그것이 없으면 어찌되는 것이오?"

"뭐얏?"

여인들이 신경질적인 반응 보였다.

"뭣 하는 놈이냐? 왜 끼어들어 쓸데없는 말들을 늘어놓는 것이냐?"

"거듭 사죄하오. 우연히 이 일을 알게 되었고, 해결할 방법이 없어 이러는 것이오."

"방법이 없다니?"

"불행히도 당신들이 찾는 것은 그의 수중에 없소. 이미 다른 사람의 손에 의해 사용되어 버렸소."

"……?"

희뜩 눈이 뒤집히는 여인들.

"이놈이 무슨 말을? 헛소리 지껄이지 말고 꺼져라!"

"진정하시오. 부정해도 소용없소. 냉정히 다른 해결 방안을 찾아봅시다."

"개소리! 다른 해결 방안이란 있을 수 없다! 저놈이 본 궁에 침입해 빙정을 훔쳐간 이후 우린 무려 사십 년 세월을 길바닥에 뿌리며 찾아 헤맸다. 성물에 손을 댄 자, 죽음뿐이다. 네놈 말처럼 만약 성물이 훼손되었다면 훼손한 자 역시 죽음보다 더한 고통에 처해질 것이다. 비켜라, 방해하면 네놈도 죽일 것이다."

외수는 안타까웠다. 여인들의 절박함이 느껴졌다. 사십 년이라니. 그 장구한 세월을 어찌 보상한단 말인가.

"이해하오. 그러나 빙정이란 귀 궁의 성물이 사라진 건 피할 수 없는 현실이오."

"그래도 이놈이?"

맨 앞의 여인이 광분해 달려들자 다른 여인들도 같이 움직였다.

캉! 콰콱!

외수가 황급히 물러나며 응수를 했다. 응수라곤 해도 피하는 것에 지나지 않았다. 검을 뽑지도 않았고 위협이 될 만한 동작 없이 받아치기만 했을 뿐이다.

"제발 진정하고 일단 내 말부터 들어보시오!"

"시끄럽다!"

말이 먹히지 않았다. 여인들은 서둘러 베어버리고 송야은을 잡겠다는 의지뿐이었다.

외수로선 계속 물러날 수만 없었다. 여인들의 무위가 그저 받아내고만 있기엔 상상 외로 강했기 때문이다.

빈틈없는 연수합벽(連手合璧)에 무척 특이하고 까다로운 무공. 후기지수 대회에서 겪었던 해남 검각의 초여선보다 훨씬 강한 무위의 여인들이었다.

외수는 어쩔 수 없이 검을 뽑아야 했다.

콰쾅, 캉캉!

"으읍!"

검을 뽑아 응수를 하자마자 외수가 고통스러워하며 밀려났다. 온전치 않은 몸 상태가 문제를 보인 것이다. 검격에서 오는 충격도 충격이지만 내공을 운용하는 데 문제가 있었다. 격하게 내력을 움직이려고 하면 통증 때문에 연결이 되지 않고 끊어졌다.

'이런!'

난감하고 곤란해하는 외수.

하지만 여인들도 놀라 엉거주춤한 자세를 보였다. 외수의 검이 보인 현상 때문이었다. 몸을 향해 직접적으로 발출된 것은 아니지만 전혀 예측 못 한 검의 편린들이 쏘아져 나왔기에 당혹스러워했다.

"조심해! 신묘한 작용을 하는 기검(奇劍)이다!"

무리를 이끄는 듯한 여인이 경각심을 일깨우며 다시 외수를 덮쳤다.

"우욱?"

카앙! 콱! 캉캉캉!

형편없는 꼴로 밀리는 외수. 차라리 예전의 외수 같았으면 밀리지 않았을지도 몰랐다. 지금의 상태는 오히려 낭왕의 내력이 없던 때보다 못했다.

몸에 익숙해진 듯 저절로 움직이는 내력. 완전히 운용되는 건 아니었지만 이젠 거의 본능적, 반사적으로 일어나는 기운 때문에 오히려 극한 통증을 유발하며 손발을 방해했다.

"응? 저놈, 왜 저래?"

밀리는 외수를 보고 있던 사하공 이석이 어리둥절한 얼굴로 당황스러워했다.

"원래 실력이 저것밖에 안 됐냐? 편가연을 구했다는 무위는 다 어디 갔어? 살수 삼사십 명을 혼자 해치운 실력이라며?"

시시가 안타까운 시선으로 대꾸했다.

"부상 중이라 그래요."

"부상?"

"네. 할아버지의 죽림에 있던 무림삼성을 내쫓으려 생사를 건 혈투를 벌였거든요."

"뭐어? 무림삼성과 생사를 걸어?"

아연실색하는 사하공.

"녀석이 무림삼성을 상대했단 말이냐?"

"네."

"그래서?"

"네?"

"그래서 어찌 되었느냔 말이다."

"어찌되긴요. 보시는 것처럼 많이 다쳤고 아직 회복이 되지 않은 상태로 힘을 못 쓰고 계시잖아요."

"무림삼성은?"

"그분들도 많이 다쳤죠. 공자님만큼은 아니지만. 어쨌든 결국 쫓아냈어요."

"......?"

사하공이 벌어진 입을 다물지 못했다.

"멍청한 놈! 다쳤으면 다쳤다고 말을 할 것이지."

"그래도 달라질 것은 없었을 거예요."

"무슨 소리냐?"

"저 여인들이 북해 빙궁의 사람들인 걸 안 이상 어쨌든 뛰어들었을 거란 뜻이에요."

"북해 빙궁과 녀석이 도대체 무슨 상관이기에?"

"......"

시시는 반야를 돌아보고 다시 입을 닫았다.

쾅! 카앙! 캉캉캉!

반격할 엄두조차 내지 못하고 계속 밀리기만 하는 외수. 돌아가면서 퍼부어대는 북해 빙궁 여인들의 연수 협공은 조금의 사정도 갖지 않고 더욱 거세어지기만 했다.

"젠장!"

외수가 화를 삼켰다. 이렇게까지 말을 듣지 않는 몸뚱이가 원망스러운 것이다.

운기행공을 할 때와는 달랐다. 부상으로 겨우 이어지고 있는 약한 기혈들이 격한 내력 이동을 감당하지 못해 터질 듯한 아픔을 몰고 왔다.

마치 칼로 후벼 파는 듯한 통증. 특히 구대통과 무양의 검에 연이어 꿰였던 견갑(肩胛)과 견정혈(肩貞穴)의 고통이 팔을 쓰지 못하게 만들었다.

카앙! 카앙!

외수는 방향도 없이 자빠지듯 구르고 또 굴렀다. 되받아칠 수조차 없는 상황에서 덮쳐 오는 검격을 피할 길은 그것뿐이었다.

"이런 터무니없는 놈! 고작 땅바닥 뒹구는 재주밖에 없는 놈이 기검(奇劍) 하나 믿고 함부로 끼어들었던 것이냐?"

여인들로선 어이가 없는 것이 당연했다. 검의 묘용을 활용하기는커녕 제대로 휘두르지도 못하는 반편이를 상대로 시간을 빼앗기고 있는 것조차 화가 나는 모양이었다.

"이놈, 원망 말아라!"

앞선 여인이 강기를 일으켰다.

끼이잉! 쩡!

기이한 소리를 내며 표출되는 허연 강기.

카앙!

외수는 자신을 덮친 한기(寒氣)에 기겁을 하며 튕겨났다. 단순히 막았을 뿐인데도 온몸에 서릿발이 돋는 것 같은 한기. 실제 검이 부딪쳤을 때 튄 허연 얼음 가루 같은 게 휘날리기도 했다.

"이게 뭐야?"

여전히 시린 냉기를 흘리는 여인의 검.

충격에 고통스러워하며 밀려난 외수가 놀라움을 감추지 못하자 뒤쪽에 주저앉아 있던 송야은이 말했다.

"빙백(氷白) 강기다."

돌아보는 외수.

"빙백 강기?"

"북해 빙궁의 독문 신공인 빙백신공으로 강기를 일으키면 저런 한기를 내뿜게 되지."

송야은이 힘겹게 일어서며 덧붙였다.

"검공뿐 아니라 빙백신장(氷白神掌)이란 장공, 한음지(寒陰指), 빙백수(氷白手) 등 북해 빙궁 모든 무공이 그 빙백신공의 위력에서 비롯된다. 지금 저들의 무위는 삼, 사성의 수위일 뿐이야. 그럼에도 격중당하면 몸이 허옇게 얼어붙지."

들고 싸우던 짧은 칼을 칼집에 집어넣는 송야은.

"모두 이후에 안 사실이지만 십성 또는 십이성의 위력을 발휘할 수 있는 사람은 빙궁의 성녀이자 신녀인 궁주만이 유일하고, 그렇게 연성하기까지 '빙정'의 강력한 음한진기(陰寒眞氣)가 도움을 주는 것이라더라."

"그럼?"

"그래, 내가 그 성물을 훔쳐낸 거지."

송야은이 씁쓸함을 다셨다.

"표정을 보아하니 후회하는 모양이구려."

"흠, 돌이킬 수 없는 죄를 지었지. 죽어서도 용서가 안 되는."

"왜 그랬소?"

"......?"

돌아보는 송야은.

"도둑의 호기심이고 승부욕이지!"

"굳이 그 물건이 필요치 않았는데도 그랬단 말이오?"

끄덕.

외수는 이해할 수 없어 고개를 갸웃했지만 자못 심각한 송야은의 기색에 더 다그치진 못했다.

하지만 송야은이 스스로 마음을 털어놓았다.

"굳이 변명을 하자면 너무 젊었어. 혈기가 부른 오판이고 실수였지. 손대선 안 되는 물건을 훔쳤어. 당시 아무도 가보지 못한 북해 빙궁에 들어갔었단 증거를 남길 생각에 궁주 방에서 물건을 하나 들고 나왔는데 하필이면 그게 빙궁의 성쇠를 결정하는 중요한 성물일 줄은 몰랐던 거지. 물론 사실을 알고 난 뒤엔 늦었고."

송야은의 얼굴에 자책과 후회의 빛이 그득했다.

그때 여인들이 노성과 함께 다시 검을 내쳐 왔다.

"구차한 변명 따윈 치워라! 네놈이 빙정을 내놓기 전엔 무슨 짓을 해도 지옥보다 더한 고통 속에 살아야 할 것이다!"

"멈춰!"

달려드는 여인들을 향해 외수 앞으로 한 걸음 나서며 손을 드는 송야은.

목을 향해 다섯 개의 검이 날아들건만 그는 저항하지 않았다.

"이 도둑놈!"

다행히 검들이 송야은을 옴짝달싹 못하게 제압만 했을 뿐 목을 끊어놓진 않았다.

"마음대로 해라. 처분에 맡기겠다."

툭!

모든 걸 체념한 듯 쥐고 있던 칼까지 놓아버리는 송야은.

여인들은 곧바로 혈도를 눌러 그를 완벽히 제압했다.

외수는 몰랐지만 송야은은 지쳐 있었다. 계속된 추격. 실력이 없어 계속 쫓기며 당했던 것이 아니었다. 빙정을 훔쳐 없애 버렸다는 죄책감에 차마 살수를 쓸 수 없었던 것일 뿐.

여인들을 죽여 버릴 수도 있었다. 하지만 북해 빙궁은 더 강한 또 다른 여인들을 보내올 것이고 자신이 죽거나 잡혀 압송될 때까지 반복될 것이기에 그럴 수도 없었던 것이다.

"가자!"

여인들이 송야은의 어깻죽지 옷자락을 움켜쥐고 밀쳤다.

맥없이 끌려가는 송야은.

그때 능선으로부터 사하공이 헐레벌떡 달려 내려오며 소리 질렀다.

"멈추시오, 멈춰!"

곧 자빠질 듯 다급하고 절박한 모습의 사하공이었다.

"또 뭐야, 당신은?"

여인들은 그를 모르는 듯했다.

"그를 어쩔 참이더냐?"

"무슨 상관이냐?"

"그의 죄보다 내 죄가 더 무겁다. 날 잡아가시게. 그대들이 찾는 것을 분해해 사용한 사람이 나니까."

"무엇이? 분해?"

"그래. 내가 그대들의 성물을 분해해 다른 것을 만드는 데 썼어."

외수의 말을 믿지 않았던 여인들이 충격에 휘청거렸다.

"수작 마라! 빙정은 분해할 수 없는 물건이다. 금강석(金剛石)과 같이 닳고 깨지거나 결코 녹일 수 없는 물질. 한데 네놈이 무슨 재주로 그것을 분해해 사용했단 말이냐. 개소리 말고 빙정이 현재 있는 곳만 말하라. 그러면 목숨만이라도 부지하게 해주겠다."

사하공이 쓸쓸히 고개를 저었다.

"혹시 도검장인 사하공이란 이름을 들어보셨는가?"

"······?"

커지는 여인들의 눈. 불안감이 엄습한 눈으로 빠르게 사하공을 훑었다.

"내가 바로 그 마뜩치 않은 이름의 주인이네. 미안하게 되었어. 훔쳐낸 송 문주처럼 나 또한 그것이 그처럼 신성한 물건인지 몰랐어. 죗값을 치르겠네."

성난 여인들의 검이 곧바로 사하공의 목에 닿았다.

"정말 빙정을 없앴느냐? 똑바로 말해라! 정말, 정말 그랬다면 너는 죽는 순간까지 고통받게 될 것이다."

떨리는 여인의 목소리.

사하공이 무겁게 고개를 흔들었다.

"미안… 하네."

충격을 주체하지 못하고 다시 흔들리는 여인들. 당장 도륙해 버리고 싶은 분노를 억지로 참고 있음이 겉으로도 확연했다.

"추악한 놈들! 분근착골(分筋錯骨)의 고통조차 모자랄 놈들! 기필코 네놈들을 껍데기를 벗겨서 평생 햇볕에 조금씩 말라 죽어가게 만들 것이다."

"……."

송야은도 사하공도 아무런 대꾸를 못 했다.

"걸어라!"

여인들이 사하공까지 거칠게 밀쳤다.

송야은이 체념한 상태의 힘없는 걸음을 떼어놓으며 사하공에게 말을 건넸다.

"답답한 친구! 도망이나 가라니까 왜 자네까지 끼어들고 난리인가. 자네가 끼어들면 내 죄가 좀 덜어질 것이라 생각했나?"

"천만에. 최고의 무기를 만들어온 장인으로서의 양심일세. 이 세상 더 살고픈 미련도 없고. 또 이제 혼자 남아 할 일도 없다네. 어차피 가족도 친지도 없는 몸, 하나뿐인 친구 가는 길 같이 가는 것도 나쁘지 않을 듯해서 말일세."

"하나도 반갑지 않은 동행이야. 바보 같은 선택일세."

"그렇게 절하하진 말게. 내 나름 훌륭한 판단이라 속으론 힘주고 있는 중이니까."

"이런 황당한 친구 같으니. 그래 좋아, 어떤 지옥길이 기다리고 있는지 같이 가보세. 그런데 저놈은 뭔가? 자네가 데려온 겐가?"

송야은이 말끝에 외수를 턱으로 가리키며 묻자 사하공이 별거 아니란 듯 돌아보지도 않고 픽 웃기만 했다.

"그냥 미친놈!"

"뭐, 미친놈?"

"그래, 미쳐도 아주 제대로 미친놈이지. 신경 쓰지 말게. 알아봐야 같이 골치만 아파지는 놈이니까."

"흠!"

다소 침통함이 어리긴 했어도 묵묵히 여인들 포위 속을 걷는 두 사람.

멀뚱히 보고 있던 외수가 어이없단 듯 송야은과 사하공을 향해 소릴 질렀다.

"뭡니까?"

제법 힘을 주어 외친 고함이라서 여인들도 우뚝 멈춘 채 돌아보았다.

사하공이 풀이 죽은 흐릿한 눈으로 돌아보고 말했다.

"돌아가라. 끼어들지 말고."

"흥, 매달릴 땐 언제고 이젠 또 상관 말라니. 어떻게 만났는데, 누구 맘대로!"

콧방귀를 뀌며 씩씩하게 다가서는 외수.

"……?"

자신들을 두고 하는 말인지 모르는 여인들의 살기가 바로 일어났다.

그러자 사하공이 언성을 높여 윽박지르듯 고함을 질렀다.

"돌아가라니까!"

외수의 상태를 알기에 내지른 고함이지만 외수는 비시시 웃기만 했다.

"그렇겐 못 하오. 영감 때문이 아니라 내가 볼일이 생겼기 때문이오."

어딘지 음흉함이 풍겨나는 미소.

여인들이 즉각 공격 자세를 취했다.

"네놈, 기어이 죽고 싶은 것이냐?"

"후후, 아니! 내 볼일이 생겼다니까. 북해 빙궁을 아는 사람들이 다 모였는데 한꺼번에 사라지면 안 되지!"

"네놈이 본 궁에 볼일이 있단 말이냐?"

"후후."

끄덕.

외수가 바닥에 떨어진 송야은의 짤막한 칼을 집어 들며 말을 이었다.

"그래, 볼일이 있지. 해서 미안하지만 사정상 그 두 영감을 그냥 보낼 수 없게 되었어."

어떻게든 북해 빙궁과 엮일 생각 중인 외수였다. 반야의 눈을 치료할 천재일우(千載一遇)의 기회를 가졌는데 이대로 놓아 보낼 순 없었다.

"이것들 봐. 두 영감이 하지 않은 말이 있어. 어떻게 보면 당신들의 성물을 갖고 있는 사람은 바로 나야!"

"……?"

여인들의 기색이 한순간에 바뀌었다.

"네, 네놈이 갖고 있다고?"

"그런 셈이지. 사하공 영감이 분해해 만든 물건을 내가 가지고 있으니."

"그게 무엇이냐?"

미소를 머금은 외수가 자신의 왼손을 들어 보였다.

"바로 이거야! 이 검!"

"저, 정말이냐?"

여인들이 외수의 손에 들린 검과 사하공을 번갈아 보며 사실 확인을 위해 허둥댔다.

"의심 가질 필요 없어. 조금 전 사하공 영감이 내게 한 말이니까."

챙!

통솔자인 듯한 여인의 검이 빠르게 뽑혀 사하공의 목에 겨누어졌다.

"말하라! 사실이냐? 정말 저 검이 빙정으로 만든 검이냐?"

사하공이 목에 닿은 검은 아랑곳 않고 외수만을 노려보았다. 마치 무슨 수작이냐고 캐묻듯.

하지만 외수는 도리어 어서 대답해 주라는 듯이 빙긋대고만 있었다.

어쩔 수 없이 사하공이 대답했다.

"맞아. 그것으로 만든 것이지. 저 검뿐 아니라 그 이전에 빙정으로 만든 무기가 두 개가 더 있어."

"그것들은 어디 있느냐?"

"그걸 어떻게 알아? 어디 있는지는 모른다. 저 검이 저놈 손에 있는 것처럼 그 이전에 만든 것들 역시 각자의 주인을 따라갔으니."

"빙정으로 만든 두 가지는 무엇이고 누구에게 주었느냐?"

검을 겨눈 여인이 검끝에 힘을 주며 조급해했다.

"……"

검이 스치며 목에 얕은 상처가 나 피가 흐르건만 사하공은 한 치의 흔들림 없이 초연했다.

"말해라! 누구에게 주었고, 어떤 무기를 만들었느냐?"

사하공이 잠시 여인을 마주보며 뜸을 들이다가 말했다.

"하나는 일곱 개의 비수로 구성한 비도이고 방물장수 구암(毬岩)이란 노사에게 주었다."

사하공의 대답에 외수의 눈살이 빠르게 일그러졌다.

그건 사하공을 쫓아 반야를 데리고 외수 뒤에 와서 서 있는 시시도 마찬가지였다. 방물장수 구암은 조비연을 거둬 먹이고 가르쳤다던 스승의 이름. 바로 조비연의 월령비도를 말하고 있었기 때문이었다.

시시가 쳐다보았지만 외수는 별다른 흔들림을 보이지 않았다.

'그랬었군. 그래서 내 검도 월령비도도 차고 시린 같은 기운을 가졌던 것이군. 보기보다 무겁다는 것도 그렇고.'

혼자 속으로 고개를 끄덕이는 외수. 하지만 자기 때문에 조비연이 피해를 볼지도 모른다는 생각에 마음이 무거워졌다.

"다른 또 하나는 무엇이고 누가 가지고 있느냐?"

"무적신갑(無敵神甲)이란 호신(護身) 병기이고, 손무(孫武) 장군의 후손인 손공노(孫珙勞)라는 사람이 가지고 있다."

"무적신갑?"

"그래. 한쪽 손과 허리에 차는 천하무적의 호신갑(護身甲)

이고 방어구(防禦具)지. 세상에 존재하는 모든 병기를 스스로 막을 수 있고 상대에게 치명적 상해까지 가할 수 있는 무기!"

"……?"

여인들이 말을 못 하고 있자 사하공이 말을 이어갔다.

"너희들의 그 빙정이란 물체로 만든 두 번째 병기지만 무적신갑은 그 물질을 가장 많이 사용한, 절반 이상이 가미된 병기야."

"그 손공노란 자는 어디 있느냐?"

"모르지. 그것을 만들었을 때가 이십오 년 전이었고, 당시 사십 줄에 접어든 중년 사내였던 그가 금평왕부의 변변찮은 하급 무장(武將) 일을 하며 지낸다는 것만 들었을 뿐 지금은 어디서 무얼 하는지 알 수가 없지."

"……."

덤덤히 사실들을 늘어놓는 사하공의 말에 진노한 여인들이 궁외수를 향해 팔을 뻗었다.

"내놓아라!"

외수가 비릿한 웃음을 더욱 짙게 그렸다.

"천만에! 이건 내 손에 들어온 내 물건이야. 비록 이것이 너희 성물로 인해 탄생한 것이라 해도 이런 신검을 아무렇게나 쉽게 내줄 순 없지. 암!"

"으드득!"

"그리고 이 검만 가지고 뭘 하겠어. 훼손된 성물이야 어쩔 수 없게 되었지만 그 힘이라도 고스란히 얻으려면 성물이 사용된 세 가지 물건을 다 되찾아야 하지 않겠어?"

"그럴 것이다. 우선 네놈이 들고 있는 검부터!"

"후훗, 마음대로 될까? 내가 어떤 놈인지 알면 그런 소리 쉽게 못할 텐데. 난 내 손의 물건 함부로 넘겨주는 그런 사람 아냐!"

"죽어서야 말을 들을 테냐?"

"후후, 이봐. 험악하게 굴지 말라고. 상대가 험악해지는 만큼 나도 험악해지니까. 그래서 내가 처음부터 말로 하자고 나왔잖아. 이 검? 줄 수 있어! 단, 내가 원하는 것도 하나만 들어주는 조건이면!"

외수의 선언에 시시와 반야가 흠칫했다. 의도는 빤한 것이었다. 눈을 치료하기 위해 검을 내주겠단 뜻.

"개소리 집어치워라!"

통솔자 여인이 말을 섞고 있을 이유가 없단 듯 솟구쳐 외수를 덮쳤다. 이미 무위야 확인된 바라 충분히 빼앗을 수 있단 생각이었다.

하지만 좀 전과는 달랐다. 일격에 갈라놓을 듯 강력한 공력을 실어 검을 내친 여인이지만 이번엔 외수가 몇 발짝 튕겨나지 않고 굳건히 버텼다.

"헉?"

오히려 더 크게 밀려난 쪽은 여인이었다.

갑자기 돌변한 외수의 힘에 여인이 당황하는 사이 외수는 자신의 검을 바닥에 꽂아놓고 주워 들고 있던 송야은의 칼을 뽑았다.

모두가 의아하게 쳐다보았다. 신검이랄 수 있는 자신의 검을 놓고 짧은 송야은의 칼을 뽑아드는 까닭을 다들 헤아리지 못해서였다.

한데 그때.

"아앗!"

시시의 비명.

외수가 뽑아든 칼로 거침없이 자신의 어깨를 찔러 버렸기 때문이었다.

거기서 그치지 않았다. 어깨를 찌른 후 다시 뽑아 자신의 허벅지까지 찌른 외수.

"고, 공자님……?"

모두를 놀라게 한 외수는 오히려 태연했다. 두 번의 자해를 한 그는 여전히 입가에 쓴 미소를 매단 채 여인을 향해 말했다.

"말했지. 험하게 나오면 나도 그만큼 거칠어진다고. 훗, 이제 좀 편해졌군."

송야은의 칼을 던져 버리고 빙빙 팔을 돌려보는 외수.

애초에 송야은의 칼을 집어 든 이유가 약해진 기혈 때문에 오는 고통을 차라리 끊어 해소하려는 목적이었던 것이다.

외수는 자신의 검을 그대로 꽂아둔 채 여인을 노려보며 말했다.

"어때? 대화로 풀어갈 맘 있나? 마지막 기회야. 아니면 쓸데없는 힘을 낭비하게 되고 피를 볼 수도 있어!"

"미친놈!"

여인의 다시 공격할 자세를 취하자 다른 두 명의 여인이 가세했다.

그때 보고 있던 송야은이 사하공을 슬쩍 흘기며 혼자 중얼대듯 한마디를 던졌다.

"미친놈 맞군."

피식 웃고 마는 사하공.

"그렇다니까. 어떡해도 예측이 안 되는 놈이야."

"어떻게 아는 놈인데?"

"극월세가에서 코 꿰었어. 나뿐 아니라 저놈에게 코 꿰인 인간들 또 있지. 무림삼성!"

"뭐, 무림삼성?"

휘둥그레진 송야은.

"그래. 그 세 인간이 오도 가도 못하고 저놈만 주시하는 중이야."

"왜?"

"미친놈이랬잖아! 지금부터 보면 알아!"

"……?"

알쏭달쏭한 말에 송야은이 어쩔 수 없이 외수에게 눈을 고정했다.

"죽여!"

통솔자 여인이 고함을 질렀다. 그 즉시 세 여인이 맹렬한 협공을 시작했다.

"어쩔 수 없군!"

외수는 바로 바닥의 검을 뽑아 거칠게 마주쳐 갔다. 어차피 분위기로 보아 말로 시작될 문제가 아니었기에 이미 각오한 바였다.

콰쾅! 쾅!

빙백 강기의 여파로 여인들의 검에 생긴 얼음 파편들이 눈발처럼 튀어 흩뿌려졌다.

"허억?"

여인의 기함. 양상이 완전히 바뀌었다. 바닥을 뒹굴고 밀려난 쪽은 여인들이었다. 심지어 궁외수의 검이 부린 묘용에 부상까지 당한 여인까지 있었다.

창백해진 여인들. 허겁지겁 일어나 다시 자세를 취하는 그녀들의 얼굴엔 놀라움만 가득했다.

검의 위력도 위력이지만 빙백 강기를 버텨내는 놀라운 공력.

"뭐, 뭐냐, 네놈?"

"나? 난 궁외수라고 한다. 사하공 영감이 말한 비도의 주인을 알고 있는 사람이고 그의 친구이기도 한 사람이지."

"……."

"어때? 이제 말로 할 생각이 들어?"

"닥쳐라!"

여인들의 검이 다시 공기를 허옇게 냉각시키며 외수를 급습했다.

일단 제압을 해놓고 풀어가야 한단 생각을 굳힌 외수도 사정을 두지 않았다.

콰콰쾅! 콰앙! 쾅쾅쾅!

눈부신 백색 검광(劍光), 위협적으로 쏟아지는 검린. 그 충돌의 여파는 대단했다.

"피, 피해!"

방향도 없이 뇌전처럼 내리꽂히는 궁외수의 검린에 송야은이 사하공을 끌어당겨 같이 움츠렸다.

시시 역시 반야를 데리고 멀찌감치 물러났다.

그러나 싸움은 오래 지속되지 않았다. 누가 봐도 아름답다고 할 정도로 기막힌 협공을 해간 북해 빙궁의 여인들이었으나 사하공의 걸작을 손에 든 궁외수의 위력이 더 놀라웠다.

거기다 괴상한 싸움 실력.

카앙! 풋! 퍼억!

주먹, 팔꿈치, 다리. 심지어 바닥의 돌이나 흙덩이까지 다동원된 외수의 특별한(?) 감각에 세 여인 모두 낭패를 당하고 말았다.

"큭, 이런 미친 자식?"

걸어차 올린 흙먼지를 뒤집어쓰고 팔꿈치에 일격을 당해 나가떨어진 여인이 쌍소리까지 뱉었다.

그러나 그나마 다행이었다. 외수가 그와 같은 수단이 아닌 검으로 제압할 의사가 있었다면 더 큰 부상을 면치 못했을 것이기 때문이다. 대화가 목적인 외수로선 최선의 행위였다.

다른 두 여인도 욕지기를 뱉은 여인과 별반 다르지 않았다. 한 사람은 별안간 튀어나온 주먹에 얻어맞았고 또 한 사람은 가벼운 검상(劍傷)과 정강이를 걸어차여 나동그라졌다.

"이 빌어먹을 놈잇!"

명령을 내리던 여인이 발끈하며 일어나려 하는 순간 외수의 검이 그녀의 눈앞에서 멈추었다.

"이봐, 그만하는 게 어때? 더 해봐야 꼴만 사나워져!"

"으드득!"

"승복 못 하겠단 얼굴이군."

외수가 이를 가는 여인의 얼굴에서 검을 거두고 몇 걸음 물러나주었다.

그러자 다시 일어난 여인들이 즉시 달려들고 송야은과 사하공에게 붙어 있던 두 여인마저 따라 공격해 갔다.

카캉캉! 콰앙!

필사적이라고 할 수밖에 없는 여인들. 그리고 그녀들의 살기를 한 치의 물러섬 없이 모조리 받아치는 궁외수.

그 살벌한 격돌을 보고 있던 송야은의 표정이 휘둥그레졌다.

"거참 희한한 놈이군. 좀 전까진 맥도 못 추더니 빙정을 회수하기 위해 파견된 빙녀(氷女)들을 저처럼 아무렇지도 않게 상대하는 놈이라니. 도대체 저놈 정체가 뭐야?"

"궁외수란 이름, 소문 못 들었어?"

"무슨 소문?"

다시 어리둥절하는 송야은에게 사하공이 설명을 붙였다.

"극월세가의 주인이 될 놈이야."

"뭣?"

"놀라긴. 편장엽의 딸 편가연, 그 아이 알지? 현재 극월세가 가주이자 현 총수! 그 아이와 정혼한 사이야."

"헉! 그리 대단한 놈이었어?"

"뿐만 아니야. 얼마 전 낭궁세가에서 벌어졌던 무림 후기지수 대회에서 내로라하는 명문대파의 제자들을 줄줄이 꺾고 빼앗듯 우승을 차지해 버린 놈이고, 극월세가를 노리는 살수들의 공격에서 몇 번이나 편가연의 목숨을 지켜낸 놈이지."

"말이 안 나오는군. 그런 놈이 여긴 왜? 널 쫓아 온 거였냐?"

고개를 젓는 사하공.

"그 이유 몰라. 우연히 여기서 마주쳤을 뿐이야. 그런데 말이야, 놀랄 일이 더 있어!"

"......?"

무슨 말을 하려는 건지 궁금한 송야은이 눈망울을 반짝였다.

"네 아들놈 말이다."

"웅? 내 아들? 일비가 왜?"

"내가 네놈에게 준 팔상호접검 네 아들놈이 갖고 있지? 네가 갖고 있지 않으니 당연히 아들놈에게 주었을 테지."

"그, 그거야 그놈이 나보다 더 잘 사용하니. 그리고 언젠가 그놈 것이 될 것이었으니까."

"어쨌든 그놈이 지금 극월세가에 있고 저놈의 친구라더라."

"그으… 래?"

"끝이 아니야. 진짜 놀랄 일!"

"또 뭔데?"

"저놈, 영마야!"

"......?"

"매우 강한 영마지기에 천골까지 타고난 영마!"

"......"

입을 닫고 눈매가 매서워진 송야은이었다. 언뜻 살기까지 비치는 듯했다.

급작스레 짓눌려 냉각되는 분위기.

"그런데 네 열세 번째 절대병기를 주었어?"

날카로운 눈초리로 외수를 보던 송야은이 씹어 뱉듯 나직하게 건넨 말이었다.

묵묵히 고개를 끄덕이는 사하공.

"어쩔 수 없었어. 검이 녀석을 원했으니까."

"……."

고정된 송야은의 시선은 움직이지 않았다.

"한데 나보다 먼저 녀석을 선택한 사람이 있어!"

"누구야?"

"낭왕 염치우!"

비로소 사하공을 돌아보는 송야은.

"……?"

"그가 자신의 모든 것이라 할 수 있는 일원무극신공과 평생 쌓아온 내력을 녀석에게 남겼어."

송야은의 눈에 점점 더 힘이 들어갔다.

"그래서 무림삼성이 놈에게 붙어 있는 것이었군. 최강이라는 낭왕의 공력에 네놈의 절대병기까지. 재앙이 될 요소들을 모두 갖췄으니."

"……."

"거기다 천골! 도대체 무슨 생각들인 거야? 생각할수록 끔찍한 일이잖아. 극월세가의 그 엄청난 금력까지 손에 쥔다고 볼 때 천하군림도 꿈꿀 수도 있는 괴물을······."

"그렇긴 한데 조짐이 좀 달라."

"뭐가 달라?"

"녀석은 자제할 줄을 알아. 분수를 알고 욕심이 없어!"

"자제? 폭주하면 이성 자체를 잃어버리는 영마지기를 가진 놈에게 그 말이 가당키나 해?"

"지켜봐. 보다보면 뭔가 다르단 구석을 볼 수 있을 테니까."

"음, 이해할 수 없군. 세상 볼일 다 봤다고 네놈이 방조하는 느낌이야. 아니면 세상에 남은 불만을 녀석에게 넘겼든가."

"······."

사하공은 대꾸하지 않았다. 궁외수에게 검을 넘기고 극월세가를 떠날 때의 그 복잡했던 마음. 그 복잡함 속에 그런 마음이 없잖아 있었던 것을 부정할 수 없었기 때문이다.

열 살 무렵에 풀무질을 시작해 열다섯에 처음 망치를 잡았고, 스물두 살부터 병기를 만들었었다. 그저 좋은 물건을 만들겠단 욕심뿐이었던 자신에게 세상은, 인간들은 끝없이 가혹하기만 했다.

탐욕에 의해, 더 강한 힘을 얻기 위해 아들 내외를 납치해 감금하고 손자까지 죽인 놈들. 힘이 없어 복수조차 포기한 세상, 오히려 궁외수가 세상을 뒤엎어 버리길 바랐던 것일지도…….

사하공은 무겁게 고개를 떨어뜨렸다.

그의 떨어지는 고개를 본 송야은은 더 이상 자극하지 않고 궁외수에게 눈을 고정했다.

싸움은 격렬했다. 서로 피가 튀고 사지가 잘려 나가도 이상할 게 없는 치열한 공방.

하지만 말려나고 뒹굴어도 돌이킬 수 없을 정도의 치명적 부상을 입는 사람은 없었다. 궁외수가 철저히 사정을 두는 탓이었다.

그러나 길어지던 싸움도 결국 종지부를 찍었다.

콰앙! 콰콰쾅!

폭렬하는 섬광들 속에 서 있는 사람은 외수뿐이었다. 세 명의 여인들이 나자빠졌고 두 명은 검까지 놓친 채 팔과 옆구리를 쥐고 비틀대고 있었다.

"끄으, 이놈!"

패배를 받아들일 수 없어 분노하는 여인들. 결국 비틀대던 두 여인마저 주저앉았다.

외수는 서두르지 않았다. 천천히 검을 늘어뜨린 외수는 여인들이 숨을 고르고 안정을 취하기를 기다렸다.

"원하는 게 뭐냐?"

비로소 통솔자인 여인이 죽일 듯한 눈으로 물었다.

"빙정이란 너희들의 성물, 이미 훼손된 것이라 복구야 불가능하겠지만 본래 지니고 있던 성질과 기운은 어디로 사라지지 않았을 터, 사하공이 그걸로 만든 무기들을 다 찾아주겠다."

"네놈이 왜?"

"말했잖아. 나 역시 원하는 것이 있다고."

"그게 무엇이냐?"

"……."

잠시 말을 머금고 물끄러미 여인을 응시하는 외수.

"북해 빙궁에 또 다른 보물이 있다고 들었다."

"네놈 역시 도둑놈이냐?"

"천만에. 나는 얻고자 할 뿐이야. 북해 빙궁에 만독(萬毒)을 해독할 수 있는 기화요초, 영약이 있다는 것이 사실이냐?"

"……."

말없이 노려보기만 하는 여인. 그러나 의도를 생각해 보는 듯하더니 입을 열었다.

"북해 빙궁에 무엇이 없으랴."

"빙과(氷菓)와 설련실(雪蓮實)이라 하던데, 맞아?"

"만고의 영약이니 비밀도 아니다!"

"음, 어떤 독이든 해독이 가능하고?"

"……."

다시 입을 닫은 여인. 외수는 잠시 마주보다 걸음을 반야에게로 향했다.

시시의 팔을 잡고선 그녀. 외수는 주저 없이 그녀의 손목을 잡고 빙궁 여인들 앞으로 이끌었다.

"봐라! 여기 이 아인 어릴 때 독을 당해서 지금까지 실명 상태다. 북해 빙궁의 영약으로 다시 앞을 볼 수 있게 되길 간절히 희망한다."

외수의 말. 반야가 어색해했지만 외수는 그녀의 손을 잡은 채 재차 확인했다.

"그 영약들로 가능해?"

"흥! 불가능할 것도 없지. 지금까지 해독되지 않은 독은 없었으니까. 하지만 꿈이 너무 크군. 우리 북해의 빙과와 설련실은 백여 년 만에 겨우 한 번, 그것도 단 한 개의 결실을 맺는 보물이다. 빙정만큼은 아니더라도 오직 성녀를 위해 사용해야 하는 영약! 그런 것을 바라다니, 허황된 꿈일 뿐이다."

여인의 말에 외수가 자극을 했다.

"성물을 찾고 싶지 않아?"

"흥! 우리가 찾아 회수하면 그뿐이다."

"그럴까?"

또 비릿한 웃음을 무는 외수.

"그것들을 회수하는 데 얼마나 걸릴 것 같아? 성물 훔친 범인인 신투 송 문주를 찾는 데 사십 년 걸렸다며. 그런데 지금은 각자 다른 사람이 가졌고, 그중 하나는 어디 있는지도 모르고, 또 하나는 내 친구의 손에 있고. 후훗, 내 것도 못 빼앗는 너희 다섯이 과연 가능할까? 당장 내 손에 있는 건 어떻게 할 건데?"

"……."

말을 못 하는 여인.

외수가 수작을 이어갔다.

"이봐, 그냥 준다니까. 비단 빙과나 설련실이 아니어도 이 아이의 눈만 치료해 준다면 내 검뿐 아니라 나머지 두 개의 성물이 들어간 병기도 내가 찾아서 돌려준다니까."

"그럼, 네 검부터 내놓아라!"

철컥! 휙!

여인의 말에 외수가 두말 않고 검을 검집에 꽂아 여인 앞으로 던졌다.

툭!

그 어떤 방해도 받지 않고 여인 앞에 떨어지는 검.

"……?"

놀란 것은 여인들이었다. 신검과도 같은 절대병기를 아무런 거리낌도 없이 던지는 사내. 신뢰를 보이기 위함이라지만 자신의 목이 날아갈 수도 있는 상황에서 성명무기를 던졌다는 사실이 현실 같지 않았다.

"저, 저놈?"

송야은도 예측 못 한 상황에 당황했다.

사하공이 또 픽 쓴웃음을 지으며 대꾸했다.

"저런 놈이라니까. 네가 걱정하는 무림 제패? 천하군림? 그런 건 저 녀석 머릿속에 아예 없어. 그저 주변이 편하면 되고, 건들지 않으면 가만있고… 그게 다인 놈이야. 넘치려 하질 않아! 손아귀에 들어온 극월세가조차 탐내지 않는 놈이니."

"……."

"도둑놈, 너라면 내가 만든 기병(奇兵)을 저렇게 던질 수 있겠냐?"

대답은 안 했지만 송야은은 속으로 고개를 젓고 있었다.

사하공의 눈이 반야에게 꽂혔다.

"그리고 저 맹인 아이, 누군지 알 것 같군."

"누군데?"

"낭왕의 손녀야."

"엉?"

"틀림없어. 극월세가 놈의 주변엔 맹인이 없으니."

"……."

"무슨 의미인지 알겠어? 낭왕에 대한 마음의 빚을 갖고 있단 뜻이고 그걸 갚기 위해 남들은 갖지 못해 안달인 내 절대 신병조차 내던지는 놈!"

"……."

송야은은 여전히 말을 잊었다.

사하공도 더 이상 말하지 않고 궁외수와 빙궁의 여인들만 주시했다.

손을 뻗어 외수가 던진 검을 잡아가는 북해 빙궁의 빙녀.

그 순간에도 궁외수는 눈 하나 깜짝하지 않고 오히려 팔짱을 낀 채 외면하듯 지켜보고 있을 뿐이었다.

여인은 검을 집어 들지 못하고 당황스러워했다. 한 손엔 꿈쩍도 않을 듯 놀라운 무게로 미동도 않는 검.

결국 여인은 공력을 일으켜 질질 끌다시피 무릎 앞으로 가져와 두 손으로 맞잡고 검집을 벗겼다.

딸칵!

눈부신 검신이 드러나며 검은 괴이한 울음을 토했다.

끼이잉— 끼잉— 찌이잉—!

그것이 검에 숨겨진 빙정의 기운과 여인의 빙백진기 내력이 만나 내는 소리란 걸 사하공과 외수는 바로 인지할 수 있었다.

"으음!"

감탄인지 탄식인지 모를 신음을 흘리는 여인.

철컥!

검의 기운을 확인한 여인은 미련 없이 검을 다시 밀어 넣었다.

"그런데 그걸로 되겠어?"

외수가 떠보듯이 던진 말에 여인이 째려보았다.

"다른 것들은 어떻게 회수하겠다는 뜻이냐?"

"하나는 내 친구가 가지고 있으니 설득을 해볼 테고, 다른 하나는 극월세가의 조직망을 이용해 수소문해 찾을 참이다."

"극월세가?"

끄덕.

"현재 내가 머물고 있는 곳이야. 너희들은 반야의 눈만 반드시 치료해 주면 된다. 나머진 내가 무슨 수를 써서라도 회수해 넘겨주겠다."

여인들의 마음이 다소 열린 듯했다. 표정부터가 달라져 있었다.

"그건 우리가 결정할 수 있는 문제가 아니다. 빙궁의 신녀만이 허락 가능한 일이다."

"그럼 어찌 해야 되는 것이냐? 우리가 북해로 가면 돼?"

"어림없는 소리! 연락을 해보겠다!"

"연락? 좋아, 기다리지!"

외수가 성큼성큼 다가섰다. 그리곤 손을 내밀었다. 일어나는 걸 도와주겠다거나 악수를 하자는 의미가 아니었다. 자신의 검을 향해 뻗은 손이었다.

"확답이 오거나 세 개의 병기를 다 회수해 넘길 때까지 검은 내가 가지고 있겠다. 물론 반야의 눈에 독이 완전히 해독되고 그녀가 앞을 보게 되었다는 걸 확인하지 않는 이상 그어떤 것도 넘기지 않는다!"

"……"

第二章

귀살문

학살이 뭔지 궁금하면 그놈을 따라가 봐!
지옥도 같이 구경할 수 있을 거야.

—신투 송야은

"어머, 패찰이 없어졌어요."

스물여덟 번째 비석이 있는 곳으로 돌아왔을 때 가장 먼저 비석 위를 확인한 시시가 깜짝 놀라는 모습을 보였다.

"뭐?"

"사라졌어요. 가져갔나 봐요."

"음!"

외수가 주위를 둘러보았다.

"혹시 다른 사람이 가져간 건 아니겠죠?"

"아닐 거야. 여기 이 구석진 곳까지 올 사람이 누가 있다고."

"그럼 그녀가 가져갔을까요?"

"그녀가 아니더라도 어쨌든 그쪽 사람들이 가져갔겠지. 기다리면 나타날 거야."

"음, 그렇다면 다행이구요. 일단 앉으세요. 공자님도 치료해야 하잖아요."

시시가 패찰이 없어진 비석은 뒤로 하고 서둘러 행낭을 풀어헤쳐 이런저런 치료 도구들을 꺼냈다.

외수가 묘지 울타리 바깥에 서로 모여앉아 치료를 하고 있는 북해 빙궁 여인들을 돌아보곤 시시가 시키는 대로 제자리에 털썩 주저앉았다.

"상처가 아물 날이 없군요."

대충 지혈해 둔 어깨와 허벅지의 상처를 시시가 다시 닦아내고 약을 바른 다음 정성스레 싸매기 시작했다.

"덕분에 네 치료 실력도 나날이 발전하고 있잖아. 후후후."

"농담이 나오세요? 하나도 기쁘지 않으니까 제발 앞으론 다치지 좀 마세요."

"실력이 없는 걸 어쩌겠어. 언젠가는 다치지 않는 날도 오겠지."

"제발 그날이 빨리 왔으면……. 먹을 걸 준비할까요?"

"아냐, 진기요상(眞氣療傷)부터 해야겠어. 기혈 상태가 많이 안 좋아서."

"그러세요."

시시가 두 말 않고 행낭을 챙겨 일어났다.

자세를 잡고 운기에 들어가려던 외수가 문득 뒤를 돌아보았다.

기척도 없이 웅크리고 앉아 있는 반야. 있는 듯 없는 듯 숨죽이고 있는 그녀.

물끄러미 쳐다보던 외수는 내버려 두지 않았다.

"반야, 왜 그러고 있어?"

"네? 뭐 그냥……."

외수가 부를 줄 몰랐던 반야가 당황하며 허둥댔다.

"뭐야, 기쁘지 않아? 왜 풀이 죽어 있어?"

"기쁘세요?"

"당연하지. 이런 행운을 만났는데. 완전히 횡재한 기분이고만."

정말 기뻐하고 있는 외수.

하지만 반야는 마음이 복잡했다. 외수가 자신의 검까지 포기하며 눈을 치료하기 위해 달려드는 모습이 가슴이 아플 만큼 고맙고 또 미안해서였다.

북해 빙궁 사람들을 만난 건 분명 행운이었다. 세상을 다시 볼 수 있는 유일한 희망. 가능하다면 무슨 짓을 해서라도 독을 제거하고 싶은 것이 사실이었다. 하지만 그것이 궁외수의 희생을 통해 얻어지는 결과라면 반야는 결코 기쁘지 않았다.

자신에겐 눈보다 외수가 더 중요하기 때문이었다.

"설사 눈을 치료할 수 있다고 해도 쉽지 않을 거예요. 북해 빙궁이란 데서 그런 귀한 영약들을 쉽게 내줄 리도 없고 나머지 무기들을 다 회수하는 것도……. 힘든 과정을 거쳐야 할 거예요."

"후후, 별걸 다 걱정하는군. 걱정 마. 문제없어. 눈을 고칠 방법이 있다는 것을 알았는데 힘들면 어때? 북해 빙궁의 목을 비틀어서라도 무조건 고쳐 줄게."

"공자님?"

"걱정 말라니까. 그러잖아도 찾아 헤매려던 게 불현듯 이렇게 뚝 떨어졌는데 절대 놓쳐선 안 되지. 후후후!"

기분이 좋아 보이는 궁외수. 그가 반야가 같이 기뻐해 주길 바라며 헤픈 웃음을 연신 흩뿌리고 있을 때 그의 앞에 사하공과 송야은이 섰다.

"뭐가 그리 좋으냐?"

"어? 영감?"

마뜩치 않은 표정으로 내려다보는 두 사람.

"웃음이 나오냐? 칼 달라고 그렇게 조르더니 내가 만든 검을 그렇게 팽개쳐?"

"미안하오. 아깝긴 하지만 어차피 장물로 만든 검이잖소. 흐흣, 떳떳치 못하실 텐데?"

"미친놈! 장물이 들어가지 않았으면 내던지지 않았을 것이란 뜻이냐?"

"흐, 그건 아니지만… 어쨌든 왜 이러시오? 나 덕분에 일단 목숨은 건졌으면서."

"지랄한다."

"그게 내 특기잖소."

"여긴 왜 온 거냐?"

"만날 사람이 있어서요."

"세가에 관련된 일이냐?"

"그렇소. 그나저나……."

외수가 엉덩이를 털며 일어났다.

"비천도문 송 문주께 인사부터 드리겠소. 아드님과 함께 지내고 있는 궁외수라 합니다."

"함께 지내?"

"예, 지금 그는 극월세가에서 편가연 가주의 안전을 책임지고 있습니다."

"그놈이 왜?"

"내원 호위로 들어왔거든요."

"호위? 홍, 이번엔 편장엽의 딸에게 빠진 모양이군."

"후훗, 글쎄요. 잘못 짚으신 듯합니다만. 그녀가 아니라 다른 여인에게 빠졌을 수도……."

능청스런 웃음의 외수가 시시를 넌지시 곁눈질로 힐끔거렸다.

당황해 얼굴이 빨개지는 시시. 하지만 송야은은 눈길의 의미를 알아채지 못했다.

"다른 여자라니?"

"흐흣, 세가에 가서 직접 알아보시죠. 달리 급한 일이 없다면."

"음!"

신음을 꾹 눌러 삼키며 불만스런 표정을 짓는 송야은의 기색이 아들 송일비를 향한 것인지 외수를 향한 것인지 구분되지 않았다.

외수가 다시 사하공을 보았다.

"그나저나 영감은 왜 세가를 나와 길거리를 방황하는 게요? 빙궁 여인들 때문은 아니었던 듯한데?"

"무슨 상관이냐?"

"나 꼴 보기 싫어서 떠난 게 아니라면 돌아갑시다. 영감 거처가 새 단장을 끝내고 기다리는 중이오."

"흰소리 마라. 다시 거길 갈 일 없다!"

"그럼 어쩔 것이오. 저 여자들이 내버려 두지 않을 텐데."

"……."

외수가 턱을 까닥여 빙궁 여인들을 가리키자 사하공이 울타리 밖을 쳐다보며 씁쓸함을 다셨다.

"세 개의 병기를 모아 저들 손에 쥐어줄 때까진 어쩔 수 없이 붙어 있어야 하지 않겠소?"

"정말 나머지를 회수할 작정이냐?"

"난 한 입으로 두말하지 않소. 내가 필요해서 하는 일이오."

"무적신갑을 가진 손공노가 이 드넓은 천하 어디 있는 줄 알고. 지금까지 그 같은 물건이 전혀 알려지지 않는 것만 봐도 신갑과 함께 오래전 영원히 은거를 한 것 같은데."

"후훗, 궁하면 통하더이다. 굳이 애쓰지 않아도 말이오. 보시오. 지금도 존재 사실조차 확인할 수 없었던 북해 빙궁을 여기서 이렇게 두 분을 통해 부딪쳤잖소."

"흥, 세상 편하게만 생각하는구나."

"그냥 편했으면 좋겠다고 생각할 뿐이오."

"마음대로 해라. 포기한 인생이다. 네놈이 그것들을 찾든 말든 난 어디서 누구에게 죽어도 상관없는 몸이다."

사하공이 한쪽으로 털썩 주저앉아 옆구리에 차고 있던 커다란 호리병 마개를 열고 내용물을 벌컥벌컥 입에다 쏟아 넣었다.

독한 주향(酒香). 어딜 가서도 술을 빼놓지 않는 그였다.

외수는 송야은이 그의 옆에 나란히 앉은 것을 보곤 미소를 띤 채 다시 진기요상 자세에 들어갔다.

외수가 본격적인 운기행공에 들어가자 시시는 일부러 멀리 떨어져 조심조심 움직였고, 사하공과 송야은도 술을 마시며 째려볼 뿐 특별히 방해하는 일은 없었다.

*   *   *

옹기종기 모인 농가(農家).

마을 전체가 채 스무 가구도 안 되는 조금은 궁색해 보이는 풍경의 마을. 눈에 띄는 것이라곤 구부정한 자세로 괭이나 호미를 들고 오가는 노인들과 아낙네, 그리고 철모르고 뛰노는 아이들뿐.

한데 그곳 한가운데 위치한 초옥에서 촌구석에 어울리지 않는 미끈한 여인 하나가 몇몇의 사내를 거느리고 나오더니 바쁘게 옆 농가로 들어갔다.

"이숙(二叔), 일호(一號) 오라버닌 어떤가요?"

진한 약향(藥香)이 풍기는 방이었다.

"당분간은 출행(出行)을 못 할 것 같다."

수염이 허연 노년의 인물이 침대 위의 젊은 사내를 치료하다 대답했다.

"사매, 미안하다. 이런 꼴을 보여서."

"무슨 소리예요? 임무는 잘 마무리했잖아요. 죽지 않고 살아 돌아온 것만 해도 고마워요."

침대 위의 사내가 고개라도 들어보려 애를 썼으나 부상이 심각한 듯 별다른 움직임을 가져가지 못했다.

붕대를 감은 사내를 살피는 여인. 팔과 가슴, 옆구리, 그리고 등에도 부상을 입은 상태. 칭칭 감은 붕대 위로 아직도 멎지 않은 핏물이 배어나는 것을 확인할 수 있었다.

여인은 마치 자신이 다치기라도 한 듯 입술을 꽉 깨물고 고통을 함께하다가 짧은 한마디만 던지고 돌아섰다.

"쉬세요."

여인이 나가자 따라왔던 이들도 잠시 무거운 분위기로 다친 사내를 보다가 뒤쫓아 움직였다.

"영지야!"

처음 있던 초옥으로 향하던 여인이 뒤따라온 이들 중 한 사람이 부르는 소리에 걸음을 멈추었다.

하지만 돌아보진 않았다. 깨물고 있는 입술 위로 눈물이 흐르고 있는 탓이었다.

"우느냐?"

"아니에요, 칠숙(七叔)! 울긴요."

여인 곽영지는 손등으로 얼른 눈물을 훔쳤다.

"걱정마라. 잘못될 정도로 다친 건 아니니."

"……."

칠숙이라 불린 중년 사내의 말에 곽영지는 대답을 못 했다. 망해 버린 귀살문. 간단한 청부 수행조차 어려움을 겪어야 하는 현실에 가슴이 미어지는 것이다.

세 명의 의숙(義叔)과 다섯 명의 형제들. 자신까지 포함해 고작 아홉밖에 남지 않은 귀살문 식구들이었다. 그 외 부양해야 하는 이들까지 해도 겨우 사십여 명 남짓.

곽영지는 눈물짓는 모습을 보이지 않으려 빠르게 초옥 안으로 들어와 감정을 추슬렀다.

실내의 풍경은 밖에서 보던 평범한 농가와는 달랐다. 구조 자체가 하나의 공간이었고, 회의 탁자로 보이는 긴 탁자와 여러 개의 의자들, 그리고 한쪽으로 커다란 책상 하나가 놓여 있을 뿐이었다.

"오늘 밤 출행은 내가 하마!"

뒤따라 들어온 중년 인물이 의사를 꺼내놓자 곽영지가 돌아서며 고개를 저었다.

"아니에요. 당분간 살행(殺行)은 중지하는 게 좋겠어요. 일호 오라버니의 노출로 이쪽을 주목하고 있을 거예요."

"하지만 청부를 수행하지 않으면……?"

"어쩔 수 없죠. 들켜서 몰살되는 것보단 나으니. 그동안 모은 돈으로 서너 달 정도 꼼짝 말고 지내요."

"음!"

귀살문의 살아남은 특급자객 중 한 명인 비살(秘殺) 교적산(交赤山)은 근심 어린 기색을 지우지 못했다. 숨죽이고 지낼 수는 있었지만 서너 달이란 시간은 안 그래도 어려운 형편을 더욱 어렵게 만들 것이었기 때문이다.

그러나 달리 방도가 없었다. 다시 한 번 공격을 받으면 귀살문은 남은 명맥마저 끊어지고 말 것이었다.

교적산은 집 안의 다른 이들을 돌아보았다. 침울한 얼굴로 고개를 떨구고 있는 젊은 살수들. 향후 귀살문을 살리고 이끌어가야 하는 그들이건만 실의에 가득 찬 모습만 보이고 있었다.

"그래, 추스르도록 하자. 활동을 중지하는 시간 동안 힘을 비축하고 실력을 키운다고 생각하면 돼. 난 당장 이 녀석들 교육부터 들어가겠다!"

교적산이 기가 꺾여 있는 젊은 살수들을 향해 눈을 부라렸다.

그때 한 사람이 안으로 들어섰다.

"영지야."

"삼숙(三叔)!"

중후한 노년의 인물. 당당한 체격에 눈매가 매서운 그는 비살 교적산, 그리고 곽영지가 이숙이라 부르는 소혼사(素魂士) 비령(飛鈴)과 함께 귀살문에 살아남은 특급자객 '무적풍(無敵風) 위호(任貴弘)' 였다.

"분위기가 왜 이러냐?"

"아니에요. 어디 다녀오는 길이세요?"

"묘림에 네 패찰이 돌아왔다!"

귀살문 생존 인원 중 소혼사 비령에 이어 두 번째 연장자인 그가 손에 쥐고 있던 패찰을 곽영지에게 가볍게 던졌다.

날아온 패찰을 받아든 곽영지가 무표정하게 내려다보며

확인했다.

"하필 이런 때……."

복잡한 마음을 숨기지 않는 곽영지.

"지금 묘림에 있나요?"

끄덕.

"그런데 혼자가 아니더구나. 일행들이 있었어!"

"일행들이요?"

"그래, 심지어 새외(塞外) 사람들로 보이는 웬 여인들과 싸우고 있었다."

"……."

말이 없는 곽영지. 그녀가 패찰을 만지작거리며 고민을 하는 듯하자 위호가 생각을 거들었다.

"보아하니 수상쩍은 자들과 같이 있던데 굳이 만날 필욘 없다. 외면해 버려!"

"아니에요. 만나보겠어요. 도움이 필요할 때 찾아오라고 한 건 저였어요."

"나쁜 맘을 먹고 있는 놈이면 어쩌려고?"

위호의 말에 잠시 궁외수를 떠올려본 곽영지가 고개를 저었다.

"그럴 사람 아니에요. 뭔가 제 도움이 필요해서 왔을 테니 걱정 마세요."

*   *   *

집중의 시간.

외수의 운기행공은 지극히 조심스럽고 느렸다. 한 번 진기를 몸 전체로 돌리는데 한 시진 이상을 소모하고 있었다.

찌푸려진 미간. 이마에 맺히는 땀방울. 완전히 몰아지경(沒我之境)에 빠져 스스로를 잊은 상태에서도 진기를 움직이는 게 힘이 드는지 어깨 위로 뜨거운 기운까지 피워내고 있었다.

그대로 얼마의 시간이 흘렀을까. 외수가 운공을 멈추고 다시 눈을 떴을 때 주변은 어두워져 있었고 시시와 반야, 사아공과 송야은이 다 같이 모닥불 앞에 모여앉아 있었다.

그때 무언가를 들고 일어나던 시시가 외수의 기척을 눈치채고 반겼다.

"엇, 깨셨어요? 이쪽으로 오셔서 뭐든지 좀 드세요."

모닥불 앞에 미리 준비해 왔던 간단한 음식들이 펼쳐져 있었다. 시시는 북해 빙궁 여인들에게 나눠주려는 것인 듯 울타리 밖으로 향했다.

불도 피우지 않고 어둠 속에 앉아 있는 여인들. 치료를 마쳤는지 자세들이 안정되고 편안했으나 한 사람도 놓치지 않겠단 듯 노려보고 있는 눈만큼은 여전히 번들번들 매서웠다.

"이것 좀 드세요."

요깃거릴 건네는 시시. 거부 않고 받아드는 여인들을 보며 외수가 일어섰다.

"왜 셋뿐이야? 둘은 어디 갔어?"

"빙궁으로 떠났다."

"너희들은?"

"흥! 저 두 인간을 구했다고 착각하지 마라. 성물로 만든 물건이 다 회수될 때까지 목숨을 유예(猶豫)하는 것뿐이니까. 그때까지 너희들은 우리 눈을 벗어날 수 없다."

짐작했던 대답.

"훗! 알겠는데, 그리 눈에 힘주고 있지 않아도 돼! 너희가 필요한 건 나도 마찬가지니까. 후후훗!"

외수는 여인들을 뒤로 하고 절뚝대는 걸음으로 모닥불 앞으로 가 고깃점 하나를 집어 들고 반야 옆에 털썩 주저앉았다.

"아무도 오지 않았어?"

"네."

기운 없는 반야의 대답.

"왜 그래? 저 여인들이 무서워? 쫓아버릴까?"

장난스런 외수의 말에 반야가 웃음을 보였다.

"후훗, 아니에요. 그냥 여기 분위기가 음산해서……."

"온통 무덤뿐인 곳이라 그렇지. 어쩔 수 없어. 자객들이란 이렇게 사람이 찾아들지 않는 곳을 이용할 수밖에 없으니까."

외수는 고깃점을 뜯으며 힐긋 사하공과 송야은을 쳐다보았다. 여전히 반주 삼아 술을 홀짝대고 있는 두 사람.

"영감, 빙정이란 게 어떤 것이오?"

외수의 물음에 사하공이 입속의 술을 천천히 넘기곤 탄식하듯 대답했다.

"겉보기엔 아주 큰 금강석 같았지만 어떠한 조건에서도 영원히 녹지 않는 만년빙(萬年氷)에 더 가까운 물질이었다. 자세히 들여다보지 않으면 보이지도 않을 만큼 투명하면서도 차갑고. 냉기에 손이 얼어붙을 것 같았지."

"사용된 병기를 다 회수하면 다시 원상태로 복구할 순 있는 겁니까?"

사하공이 눈을 째렸다.

"내가 신(神)이냐? 당연히 불가능하지, 미친놈아!"

"흠, 뭘 화까지 내시오. 병기로 돌려주는 것보다 원래 형태로 돌려주는 게 더 좋을 것 같아 그냥 해본 말이오. 찔리는 모양이오, 발끈하는 걸 보면?"

사하공이 울타리 밖 빙녀들의 눈치를 봤다.

"망할 놈……!"

외수가 빙긋이 웃으며 여인들에게 음식을 주고 오는 시시에게로 눈길을 돌렸다.

그때.

"능소……!"

나직하고 부드러운 음성이 시시를 돌아서게 했다.

"아!"

시시는 직감적으로 알았다. 패찰의 주인 곽영지가 나타났다는 것을.

궁외수 말곤 능소라는 이름을 아는 이는 그녀가 유일했고, 자신이 처음으로 타인에게 밝힌 이름이었다.

"안녕하셔요!"

시시가 멀리 어둠 속을 걸어오는 여인을 향해 반갑게 인사를 했다.

"오랜만이군."

호위처럼 뒤에 붙어 따르는 중년의 인물과 같이 나타난 그녀. 표정에서부터 걸음걸이 하나까지 여전히 진중하면서도 무거움이 느껴지는 그녀였다.

"네, 반가워요. 다시 뵙게 되어서."

얼굴 가득 웃음을 짓는 시시. 곽영지의 눈이 모닥불 너머 외수에게로 향했다.

먹던 음식을 놓고 싱긋이 웃으며 일어서는 외수.

"후훗, 와줬군!"

"약속이니까!"

곽영지가 반야를 비롯해 사하공과 송야은, 그리고 울타리 바깥의 여인들을 일일이 확인했다.

"누구지? 모두 일행인가?"

"일행이… 되어버렸지. 자릴 옮길까?"

잠시 노려보듯 마주보던 곽영지가 주저 없이 먼저 돌아섰다.

"따라와!"

곽영지의 걸음이 반대편 능선 쪽으로 향했다.

즉시 따라나서는 외수.

"시시, 칼 어디 있지? 가지고 따라와 줘!"

"네, 알겠어요."

시시가 행낭을 놓아둔 곳으로 뛰어가 보자기로 싼 칼을 챙겨 들고 뒤를 쫓았다.

"잘 지냈어?"

"……."

달빛이 은은히 깔려 있는 반대편 능선 너머에서 걸음을 멈춘 곽영지. 그녀는 외수가 건넨 인사에 대꾸하지 못하고 물끄러미 마주보았다. 도움을 받았던 상대. 나타난 시기가 마음에 걸렸지만 외면할 순 없는 사람.

"단순히 패찰을 돌려주러 온 건 아닐 테고."

"맞아."

"무슨 일이지?"

"도움이 필요해!"

"어떤? 청부가 필요한 일인가?"

묻는 곽영지의 음성에 조심스러움이 묻어났다.

"아니, 정보가 필요한 일이야. 몇 가지 물어봤으면 해서. 너희들만이 대답해 줄 수 있는 일이야."

심호흡을 들이켜며 묵묵히 외수의 다음 말을 기다리는 곽영지.

외수가 뒤따라온 시시에게서 보자기를 건네받아 앞으로 내밀었다.

"일단 이것부터 좀 봐주겠어?"

보자기로 쌌다지만 길이 때문에 양쪽으로 삐져나온 두 자루의 칼.

"뭐지, 이게?"

"보다시피 칼이고 자객이 사용했던 칼이야."

"자객?"

끄덕.

"그 자객의 정체를 알고 싶어."

"당황스럽군. 천하에 자객이 한둘이 아닐진대 우리가 보낸 자객이 아니라면 어떻게 알 거라고."

"그럴 수 있지만 극월세가를 침입한 자의 칼이라면 얘기가 다르지 않겠어?"

"극월… 세가? 그곳 사람이었나?"

"뭐 그런 셈이지. 어쩌다 보니."

"……"

빤히 처다보는 곽영지.

"혹시 극월세가가 위협받고 있다는 소문 들었어?"

끄덕.

"그래. 지금도 계속된 위협 속에 있지. 추측하기에 한두 세력이 아니야."

다시 한 번 가만히 주억대는 곽영지의 고개. 극월세가를 위협할 정도라면 충분히 그럴 것이라 짐작 가능하기 때문이었다.

외수가 말을 이었다.

"그중에 분명 살수 집단도 있단 판단이야. 나타나는 인원이나 지닌 능력들로 볼 때 청부만으론 동원할 수 있는 살수들이 아니었으니까."

"극월세가에서의 정확한 네 위치가 뭐야?"

뜻밖의 질문에 외수가 조금 당황했다.

"음, 그냥 안전을 책임진 사람이라 해두지."

얼버무리는 태도에 곽영지가 의문의 눈초리를 했지만 더 묻진 않았다.

"음. 이해는 하지만 상황이 조금 웃기는군. 살수에게 살수의 정보를 내놓으라니."

"아무래도 우리보다 잘 알 테니까. 지금까지 등장한 살수만 백여 명에 이르러. 그 정도면 자잘한 청부 집단은 아니잖아. 최근 청부를 받지 않고 있는 거대 살수조직이 있는지 알

수 없어?'

곽영지가 단호히 고개를 저었다.

"상황이 이해는 가는데, 그런 식으론 대답하기 어려워! 같은 살수라 해도 서로 교류를 하는 것도 아니고 워낙 은밀한 조직들이니까 동향을 파악할 순 없어. 최근 몇 달 사이에 일어난 그런 일은 더더욱 알 수가 없지. 수년에 걸쳐 누적된 정보라면 모를까."

"음……!"

외수가 답답한 듯 신음을 흘렸다.

"그리고 이런 칼도 가져와 봐야…….."

건네받은 칼을 확인하던 곽영지가 갑자기 인상을 찌푸리며 말을 흐렸다.

심각해진 눈초리로 빠르게 칼을 살피는 곽영지.

외수가 같이 진지해지며 물었다.

"왜 그래?"

"……."

대답이 없는 곽영지.

"칠숙, 이 칼 좀 보시겠어요?"

점점 날카로운 기색을 보이던 곽영지가 뒤에 선 중년인에게 칼을 내밀었다.

그의 표정도 심상찮게 흔들렸다.

딸칵!

바로 칼을 받아 들고 검신부터 확인하는 사내.

"……?"

손까지 떨 정도로 중년 사내의 안구가 흔들렸다.

"이 칼을 극월세가를 침입한 자객이 갖고 있었다고?"

"그렇소. 그가 사용했던 칼이오."

외수가 사내의 기색을 놓치지 않으며 대답했다.

"왜 그러시오? 아는 자의 칼이오?"

외수가 물었지만 중년인과 곽영지는 대꾸하지 않고 칼을 살피는 데만 집중해 있었다. 확인에 확인을 거듭하는 모양새.

그러다가 곽영지가 몹시 상기되고 굳은 얼굴로 돌아보며 입을 열었다.

"궁외수라 했지?"

"……?"

"기다려 줄 수 있겠나?"

"무엇을?"

"이 칼은 확인이 필요하다."

"그 말은 주인을 안다는 뜻이로군."

"대답을 미루겠다."

모호한 답에 외수가 곽영지를 노려보았다. 무언가 곤란한 것이 있단 걸 확인한 외수는 주저 없이 고개를 끄덕였다.

"좋아, 기다리지! 언제까지 기다리면 돼?"

"내일 중에 돌아오겠다. 마을 쪽으로 내려가다 보면 강기

숲에 허름한 객잔이 하나 보일 것이다. 그곳에서 기다려라."

"그러지!"

"그럼!"

짧은 눈인사를 남기고 곽영지가 조금의 망설임도 없이 돌아서서갔다.

외수는 바쁜 걸음으로 멀어져 가는 두 사람을 지켜보다 시시에게 생각을 건넸다.

"뭔가 있는 것 같지?"

"네, 공자님. 그게 좋은 쪽인지 나쁜 쪽인지는 알 수 없지만."

"상관없어. 저들이 칼을 안다는 게 중요해!"

"설마 저들이 범인은 아니겠죠?"

"몰락한 살수 문파라며. 어쨌든 그래도 상관없지. 누가 범인이든 나에겐 실마리만 중요하니까!"

외수가 더욱 짙어가는 어둠 속을 향해 살기 어린 미소를 물고 씹어댔다.

第三章

자객도의 비밀

날 향해 칼을 뽑은 이상
날 죽이지 못하면 네놈들은 다 죽는다.

―궁외수

그의 앞에서 살려 달라 빌지 마라.
그 전에 죽을 짓을 하지 말아야 했다.

―조비연

　어둠에 묻힌 초옥. 하나의 불빛 아래 머리를 맞댄 자들. 곽영지와 무적풍 위호가 가져온 탁자 위 칼을 내려다보고 있는 귀살문 식구들은 말을 잊었다.

　"이숙, 틀림없죠?"

　"그렇다. 틀림없이 절혼사(絶魂士) 묘우(苗宇)의 절혼이비도(絶魂二飛刀)다. 이것을 극월세가에서 가져왔다고?"

　"그렇소, 형님! 틀림없소!"

　소혼사 비령의 물음에 무적풍 위호가 격하게 흥분했다.

　"음, 그럼 극월세가를 노리는 놈들과 우릴 공격했던 놈들이 같은 놈들이란 결론이구나."

"그렇소. 놈들이 절혼사를 죽였을 때 탈취해 간 것이니 그럴 수밖에 없소. 결국 우릴 공격한 놈들은 같은 살수들이었고, 비영문(秘影門)이 틀림없소!"

"위호, 흥분하지 마라! 같은 살수란 이유만으론 비영문이라 우길 순 없다. 그리고 설사 비영문의 소행이라 해도 어쩔 수 없는 현실부터 직시해!"

"젠장!"

무적풍 위호가 찍소리도 못 하고 입을 닫았다.

무거운 분위기. 곽영지를 비롯한 여덟 사람 모두 고개를 숙인 채 침통함을 떨치지 못했다. 벌써 육 년이 지난 일. 그날의 기억에 짓눌린 탓이었다.

육 년 전 어느 날 거액과 함께 들어온 청부. 귀살문은 즉시 절혼사 묘우를 포함해 세 명의 특급살수를 보내 대상자에 대한 철저한 조사를 마친 후 살행에 나서도록 했다.

청부 수행은 빈틈없이 완벽하게 이루어졌고 세 명의 특급 살수도 아무런 탈 없이 무사 귀환을 했다.

한데 그날 밤이었다. 적지 않은 자들의 기습.

너무나 느닷없었던 탓에 귀살문은 습격자들의 숫자는커녕 정체도 파악할 수 없는 상황에서 무참한 피를 뿌려야 했다.

준비된 공격. 청부자가 치밀한 준비로 뒤를 밟아오지 않고서야 그렇게 쉽게 노출될 귀살문이 아니었다.

완벽한 함정. 살수는 물론 오백여 명에 이르던 귀살문 가족들은 무공을 모르던 어린아이까지 무참히 도륙당하며 지옥도를 연출했다.

그들이 내건 이유는 간단했다. 청부 수행을 잘못했으니 그 죄를 묻겠다는 것.

결국 그날 그 자리에 있던 사람들은 문주를 비롯해 모두가 죽었고 소혼사 비령만이 곽영지를 데리고 간신히 탈출에 성공했을 뿐이었다.

지금 남은 사람들은 당시 다른 청부를 수행했거나 외유 중이었던 살수의 가족들. 그리고 모처에서 따로 수련을 받던 젊은 살수들 다섯이 고작이었다.

무겁게 짓눌린 분위기에 곽영지가 먼저 입을 열었다.

"이숙, 어떡해야 하죠?"

심각하게 고민하던 소혼사 비령이 고개를 들었다.

"내가 그를 만나보겠다."

*　　　*　　　*

객잔 창가에 반야와 시시를 마주 앉혀 놓고 음식과 반주를 즐기던 외수가 더 이상은 참지 못하겠단 듯 버럭 소리를 질렀다.

"아, 이봐! 제발 그만 좀 노려보고 있을 수 없어? 너희들 때문에 술술 넘어가야 하는 술이 전혀 넘어가질 않잖아!"

외수의 고함에도 웬 개가 짖느냔 듯이 대꾸조차 않는 반대편 창 쪽 자리 북해 빙궁 여인들. 그녀들도 술병을 앞에 놓고 있었다.

"아 정말, 모처럼 경치도 좋고 마음도 느긋해 분위기 좀 잡아보려고 했더니. 제발 고개만이라도 돌려주라. 우리가 어디 가는 것도 아닌데 바깥 풍경을 즐기는 것도 좋잖아."

잔뜩 얼굴을 구긴 채 애원까지 해보는 외수.

그러자 한 여인이 콧방귀를 뀌며 응수했다.

"네놈이 의식하지 않으면 되지 않느냐."

"그게 돼? 너희 셋이 다 노려보고 있는데?"

"그렇게 신경 쓰이면 방구석에 들어가 처마시든지."

"뭐얏?"

외수가 자리를 박차고 일어났다.

그러자 여인들의 손은 반사적으로 검들을 움켜쥐었다.

어이없단 듯 쳐다보는 외수.

"좋아, 그렇다면 할 수 없지!"

째려보던 외수가 술병을 든 채 성큼성큼 다가섰다. 그리곤 여인들 옆자리 하나를 차지하고 털썩 주저앉았다.

"뭐냐?"

반사적으로 튀어 일어나는 여인들.

"뭐긴. 아예 대놓고 보라고 옮겨왔다. 실컷 보자고."

"……?"

"자, 앉아! 앉아! 코앞에서 보여줄 테니까. 이참에 뿌리를 뽑자고."

"꺼지지 못해?"

"이거 왜 이러시나. 기껏 왔는데. 그리고 우리 할 말도 남았잖아?"

"……."

여인들이 머뭇대며 노려보다 어쩔 수 없이 앉았다.

"자, 일단 한 잔 받으라고."

능청스럽게 각자의 잔에 술을 따르는 외수. 그리곤 자신도 잔을 채워 입으로 가져갔다.

쭈욱.

여인들의 기색을 살피며 잔을 비우는 외수.

"이름들이 어떻게 돼? 뭐라고 불러?"

"……."

"어차피 서로의 목적이 이루어질 동안 같이 지내야 될 텐데 그 정돈 알아야 하잖아."

"빙설선(氷雪善), 빙설화(氷雪花), 빙설영(氷雪瑛)이라 한다."

"북해 빙궁의 사람들은 전부 빙 씨인가?"

"그렇다."

"듣기엔 전부 여자들뿐이라던데?"

"궁 안엔 그렇다."

"멀어? 어디 있어?"

"수작 부리지 마라, 이놈! 어디서 말장난이냐?"

"왜 이래? 궁으로 간 두 사람이 언제 돌아오는지는 알아야 하잖아."

"두 달은 걸린다."

"그럼 오가는 데 한 달씩 걸린단 소리군. 흠! 어때. 어떤 답을 가지고 올 것 같아?"

"당장 네놈들을 죽이고 독자적으로 회수하란 명이 올 것 같다."

"후훗, 말했지만 그건 현명하지 못한 선택이지. 좋은 쪽으로 생각하자고."

능청스런 외수.

"그런데 말이야. 그 빙궁에 있다는 빙과와 설련실이란 것, 아주 오래 걸려 생성되는 것이라면서? 혹시 써버렸거나 없는 것은 아니지?"

"미친놈! 헛소리 말고 꺼져!"

"알았어, 알았어! 어쨌든 잘 부탁한단 의미로 한 잔씩들 더 줄 테니까 마셔, 마셔!"

외수는 비어 있는 술잔에 넘치도록 술을 부어주었다.

"공자님!"

외수가 능청을 떨고 있는 그때, 길 쪽을 보고 있던 시시가 불렀다.

"곽 소저가 오고 있어요."

외수의 시야에도 잡히는 길 위의 두 사람. 그런데 곽영지와 같이 오는 사람이 어젯밤의 그 중년인이 아니었다.

은발(銀髮)의 노(老)장부. 어젯밤 중년인이 거벽(巨壁) 같은 인물이었다면 그는 칼날 같은 예리한 느낌의 인물이었다.

조용해진 객잔. 구석 자리의 사하공과 송야은도 객잔을 향해 오는 두 사람을 지켜보고 있었고, 빙궁 여인들마저 돌아보고 있을 때 찻잔을 들고 있던 반야가 조용하고 차분한 목소리로 중얼거리듯 말했다.

"궁 공자님, 객잔 안팎에 아주 큰 거미들이 기어 다녀요."

외수는 여인들 자리에 엉덩이를 붙인 채 가만히 고개만 끄덕였다. 알고 있다는 뜻.

그 순간 모두가 긴장했다. 죽일 목적으로 포위한 것이라면 빠져나갈 곳이 없는 환경.

이윽고 객잔으로 두 사람이 들어섰다.

외수도 천천히 일어섰다.

"생각보다 늦었군. 오전 중에 올 줄 알았더니."

곽영지와 같이 온 노인이 대꾸 없이 객잔 안 사람들부터 살폈다.

"자릴 옮기는 게 좋겠군."

곽영지의 말에 외수가 냉정히 고개를 저었다.

"그럴 필요 없어. 애써 포위해 놓고 뭘 옮기려고 하지? 여기 당신들 위협할 만한 사람들 없으니까 그냥 여기서 볼일 봐!"

둘러보던 노인의 눈초리가 외수에게 고정됐다.

"달리 생각할 것 없다. 경계 차원이니까."

"그렇담 다행이고."

"네가 극월세가의 궁외수냐?"

"그렇소."

"여기 있는 사람들은 모두 일행이냐?"

"그렇소."

외수의 대답에 노인은 다시 한 번 모두를 둘러보았다. 각자 따로 앉아 있는 것이 의심스러운 모양이었다.

"난 귀살문의 비령이라 한다."

"반갑소."

"이 칼!"

한 손에 들고 있는 두 자루 자객도를 들어 보이는 노인.

"이 칼이 어떤 칼인지 아는 것이 있느냐?"

그때 보고 있던 사하공의 눈매가 지그시 일그러졌다.

"알고 싶어서 가져온 것이잖소. 칼의 주인에 대해 아시오?"

"당연히 안다. 우리 귀살문 형제의 것이니까!"

"헙!"

시시가 놀라서 토한 헛숨이었다.

외수가 곽영지와 노인을 번갈아 노려보았다.

"긴장할 것 없다. 극월세가를 노린 건 우리가 아니니까."

"무슨 소리요?"

"이 칼의 원래 주인일 뿐이다. 극월세가를 침입했던 자는 우리 식구가 아니란 뜻이다."

"......"

외수가 다소의 긴장을 늦출 때 곽영지가 설명을 덧붙였다.

"이 칼 본래 주인 이름은 절혼사 묘우라는 분이야. 육 년 전 우리 귀살문이 정체를 알 수 없는 자들의 공격을 받았을 때 다른 가족 사백여 명과 같이 살해되신 분이지. 그때 사라진 칼이야."

"사실이야?"

"확인시켜 주지, 이 칼의 비밀을! 오호(五號) 오라버니!"

곽영지의 부름에 한 인영이 창을 통해 날아들었다. 무척 빠르고 표홀한 움직임. 창틀을 딛는가 싶더니 어느새 곽영지 옆으로 착지하고 있었다.

복면만 하지 않았을 뿐 검은색 무복을 차림의 서른 살쯤 되어 보이는 건장한 사내.

곽영지가 소혼사 비령에게서 두 자루의 자객도를 받아 그에게 건넸다.

"넌 이 칼이 단순한 자객도라 생각하고 가져왔겠지?"

외수가 고개를 끄덕였다.

"그래. 아마 극월세가를 침입했다는 그 자객, 이 칼을 탈취해 간 그놈도 칼에 숨겨진 비밀을 모른 채 사용했을 것이다. 알았다면 네 손에 있지 않았겠지."

"……?"

"절혼사 묘 숙부께서 칼에 대한 묘용을 철저히 비밀에 부쳐 온 탓이야. 하지만 이 무서운 병기를 사용할 수 있는 사람이 우리 귀살문에 있고 그가 바로 이 사람이야. 절혼사 숙부로부터 자객 수업을 받았던 유일한 사람!"

"……."

외수가 사내를 다시 한 번 훑었다.

"물러서! 확인시켜 줄 테니까!"

"그만두어라!"

외수가 어찌할지 머뭇대고 있을 때 구석에서 날아온 목소리였다.

모두의 눈이 사하공에게로 가서 붙었다.

술잔을 기울이는 사하공. 비운 술잔을 가만히 내려놓으며 곽영지와 외수를 쳐다보았다.

"그럴 필요 없다. 이 좁은 곳에서 뭘 하자는 것이냐."

외수가 즉각 물었다.

"영감이 만든 것이오?"

"그렇다. 묘우란 사람의 칼이 맞고, 그가 절혼이비도라 이름 붙였다. 도신에 보면 소혼이란 글자와 암혼이란 글자가 있을 것이다. 그것도 그가 원해서 내가 파준 것이다."

"......?"

"사하공?"

곽영지와 소혼사 비령의 눈이 치떠졌다.

"훗, 그가 자객이었다니. 깜빡 속았군. 내 죄가 커."

쪼르르.

쓸쓸한 미소를 짓고 다시 술잔을 채워가는 사하공.

소혼사 비령이 한 걸음 나서며 확인을 했다.

"사하공 선생이시오?"

"그렇소."

"아, 그랬구려. 몰라 뵈어 죄송하오. 반갑소. 비령이라 하외다."

두 손을 모아 쥐고 인사를 건네는 소혼사.

하지만 사하공은 돌아보지도 않고 채워진 술잔만 입으로 가져갔다.

"인사보다 그 보기 싫은 칼이나 치워주시오. 마음이 언짢구려."

"......?"

소혼사가 눈짓을 하자 즉시 젊은 사내가 칼을 뒤로하고 멀찌감치 물러났다.

사하공에게서 눈이 떨어지지 않는 소혼사. 결국 앞에 마주

앉은 송야은의 예사롭지 않은 기운을 눈치채고 물었다.

"죄송하지만 같이 계신 분은 어떤 분인지 여쭤도 되겠소?"

사하공이 못 들은 척 묵묵하기만 하자 계면쩍어진 송야은이 직접 돌아보고 웃었다.

"흐흐, 난 송야은이란 사람이오."

"아, 비천도문의 신투 송 문주셨구려. 거듭 알아보지 못해 죄송하오."

"허허, 뭘. 우리 신경 쓰지 말고 계속 일 보시오."

"실례했소."

소혼사 비령이 깍듯이 사과하고 외수에게로 돌아섰다. 소혼사는 외수 뒤쪽의 여인들도 궁금했지만 더 묻지 않았다.

외수는 제법 심각한 상태로 고민에 빠져 있었다.

"흠, 그러니까 극월세가를 노리는 놈들이 귀살문을 공격했던 자들이란 말이지."

고민하던 외수가 갑자기 품속을 뒤적거리더니 무언가를 꺼내 곽영지 앞에 내밀었다.

"어제 빠트렸었는데 이것도 좀 봐주겠어?"

"자객이 갖고 있던 거야?"

"맞아! 무언지 알겠어?"

"단통수전이란 암기야. 자객들이 흔히 갖고 있는 물건이지."

"흔하다고?"

"그래. 자객들에겐 유용한 물건이라 마음만 먹으면 얼마든지 구할 수 있어. 한데 이건… 음, 좀 특별한 물건 같군. 이숙, 보시겠어요?"

암기를 살피던 곽영지가 소혼사에게 건넸다.

"잘 만들었군. 정교하고 강력하게. 그리고… 여기의 독(毒)은……?"

비침까지 뽑아 발라져 있는 독의 냄새를 확인하던 소혼사의 표정이 굳어졌다.

"왜 그러세요?"

"음, 이건 독곡(毒谷)의 물건 같다!"

"독곡이요?"

"그래, 틀림없어! 독곡에서 나온 물건이야! 이 비침에 발라진 독은 인간이나 동물의 썩은 시체에서 발생하는 부시독(腐屍毒)이고, 이런 극악한 독을 추출해 병기에 사용하는 곳은 독곡밖에 없는 것으로 알고 있다."

"확실한 것이오?"

마찬가지로 안색이 굳어진 외수가 물었다.

"독곡이 뭐 하는 곳이고 어디 있소?"

"왜? 알면 어쩌려고? 무림맹도 함부로 건들지 못하는 곳이 독곡이란 걸 알고 있나?"

인상을 찌푸리는 외수.

"들어서는 순간 자기도 모르게 독에 벌집이 되어 죽는 곳이 독곡이지."

외수가 반문했다.

"그들이 당신들을 공격한 자들이라도 가만있을 거요?"

"독곡의 독이라는 이유만으로 그들이 범인이라 단정할 수 없다. 귀살문이 공격받을 때 독이나 독공이 사용된 흔적은 없었어!"

"음⋯⋯."

"하지만 의심을 지울 순 없지. 이 암기가 독곡의 물건이고 절혼이비도를 가지고 있던 놈이 사용한 것인 이상 우선 철저한 조사와 추적, 그리고 명확한 증거부터 잡아야 해! 복수는⋯ 그⋯ 다음⋯ 이야."

복수를 말하는 부분에서 말끝을 흐리는 사혼사. 그가 곽영지의 눈치를 봤다.

입술을 꽉 깨물고 있는 곽영지. 눈물이라도 떨어뜨릴 듯 누가 봐도 울분에 떠는 모습이었다.

침통하게 고개를 떨어뜨리는 사혼사.

곽영지가 갑자기 돌아서 바깥으로 향했다.

"영지⋯ 야."

사혼사 비령이 머뭇대다 결국 쫓아나갔다.

갑작스런 상황 변화에 외수로선 물끄러미 지켜볼 수밖에 없었다. 멀리 강 쪽으로 뛰쳐나간 곽영지는 결국 눈물을 흘리는 듯했다.

그녀 곁으로 사혼사뿐만 아니라 객잔 안팎에 붙어 있던 거미들(?)도 합류해 침울한 분위기를 연출했다.

"공자님, 곽 소저가 갑자기 왜 저러죠?"

조심스레 다가온 시시의 물음.

묵묵한 외수 대신에 사하공이 던지듯 퉁명스럽게 중얼거렸다.

"무엇 때문이겠느냐. 적을 알고도 복수를 할 수 없는 처지 때문이지."

시시가 바로 이해를 하고 안타까운 표정을 지었다.

"그랬… 군요. 그것 때문에……."

팔짱을 낀 채 지켜보기만 하던 외수가 물었다.

"영감, 누구 소행인지 혹시 짐작하는 게 있는 거요?"

"묻지 마라! 모른다! 은둔 생활을 한 내가 뭘 알겠느냐."

알아도 아는 척하고 싶지 않단 듯 아예 고개를 돌려 외면해 버리는 사하공.

그때 송야은이 나직이 한마디를 던졌다.

"비영문……."

"……?"

슬그머니 고개를 돌려 쳐다보는 외수.

"뭐라 했소? 방금 비영문이라 했소?"

"그렇다. 이미 알려진 소문이지 않느냐. 귀살문 몰락 후 비약적으로 발전한 살수 문파. 귀살문의 몰락 덕분에 같은 살수 조직으로써 가장 큰 혜택을 누렸다고 해도 귀살문 절반에도 이르지 못하던 문파가 그 짧은 시기에 몇 배로 크게 성장한 건 누구라도 납득이 되지 않는 부분이다."

"작은 조직이 어떻게 큰 조직을 공격해 몰살시킬 수 있소?"

"다른 세력의 도움을 받았겠지. 결탁이란 부족한 것들이 자주 써먹는 수단이니까."

외수의 눈에 힘이 들어갔다.

송야은이 지그시 눈을 돌리며 말을 이어갔다.

"아마 저들도 알고 있을 것이다. 해결책이 없기에 서로가 꺼내놓지 못할 뿐. 그게 저렇게 눈물로 나타나고 그러는 게 지."

"……."

"왜 노려보느냐?"

"고맙소!"

"뭐?"

생뚱맞은 인사에 송야은이 눈을 희뜩이며 째려보았다.

"덕분에 머릿속이 깨끗해져서 말이오. 후후!"

기분 좋게 웃음을 흘린 외수가 느닷없이 중앙 탁자의 의자 하나를 뒤로 빼어 덜렁 주저앉았다.

"시시, 주인에게 가서 좋은 술 한 병 가져다주겠어? 안주도

멋진 걸로!"

느긋한 자세로 다리까지 꼬고 앉은 외수가 다시 바깥에 눈을 고정한 채 그들이 들어오길 기다렸다.

*   *   *

정적이 흐르는 객잔 안이었다.

사하공과 송야은, 그리고 북해 빙궁의 세 여인들은 모른 척하며 딴청을 부리고 있었고, 반야와 함께 나란히 앉은 시시는 혼자 술을 따라 마시는 외수를 가끔 걱정스럽게 힐끔대고 있었다.

쭈욱.

시원하게 술을 넘기는 외수.

술이 꽤 많이 늘어버린 그였다. 독한 술이든 순한 술이든 가리지 않고 마셨고 그 양도 적지 않았다.

그러고 보면 시시는 외수가 취하는 걸 본 적이 없었던 것 같았다. 적게 마시든 많이 마시든 항상 그대로였던 기억만이 있었다.

'호호, 이젠 어른 같으시네.'

걱정스런 가운데도 살짝 미소를 지어보는 시시. 어딘지 듬직함이 묻어나는 외수인 탓이다.

시시가 속절없이 흐르는 시간의 무료함도 느끼지 못하고

외수를 지켜보고 있을 때 이윽고 귀살문 일행이 객잔으로 들어왔다.

술잔을 놓고 흐릿한 웃음을 머금는 외수.

"무슨 밀담을 그리 오래 나눴지?"

"미안해. 기다리게 해서."

확실히 풀이 죽고 어색한 기색의 곽영지였다.

"한잔하겠어?"

"……."

"앉아!"

곽영지가 맞은편 의자에 묵묵히 앉았다. 외수는 주저 없이 잔 하나를 밀어놓고 술병을 들어 술을 따랐다.

채워진 잔. 물끄러미 내려다보기만 하는 곽영지.

외수는 그녀가 잔을 비울 때까지 말없이 기다렸다.

이윽고 잔을 들어 단숨에 비워 버리는 곽영지.

외수가 다시 잔을 채우며 말했다.

"제안할 게 하나 있어!"

"제안?"

"아니, 청부라고 해야 하나?"

"……?"

무슨 말을 하는지 모르겠단 얼굴의 곽영지가 고개를 갸웃대며 소혼사 비령을 포함한 숙부들을 돌아보았다.

외수도 따라서 그들을 쓸어보았다.

"모두 귀살문 식구들이겠지?"

"그런데?"

"후훗, 왜 다들 서 있는 거요? 아무 데나 앉으시오!"

외수의 말에 곽영지 뒤에 늘어섰던 사람들이 주변에 주섬주섬 퍼져 앉았다.

"밑도 끝도 없이 청부라니 무슨 소리야? 왜 갑자기 청부 얘기가 나오지?"

"귀살문 식구들이 얼마나 돼? 여기 있는 사람들이 다인가?"

"그런 걸 묻는 이유부터 말해!"

"말했잖아. 청부라고."

눈매를 일그러뜨리는 곽영지.

"뭘 바라는지 모르겠지만 우린 지금 청부를 받을 상황이……."

"너희 살문 전체를 사겠다!"

"뭐?"

곽영지만 놀라는 게 아니었다. 거듭되는 외수의 말에 시시와 반야는 물론 사하공과 송야은도 집중해 있었고, 북해 빙궁의 여인들도 예의 딱딱한 인상으로 노려보고 있었다.

외수가 곽영지의 반응은 아랑곳 않고 말을 이었다.

"기간은 극월세가를 위협하는 무리들을 모두 잡아 처단할 때까지!"

"……?"

"청부금은 원하는 만큼 주겠다!"

"장난해?"

곽영지가 탁자를 치며 벌떡 일어났다.

그러나 외수의 반응도 가볍지 않았다.

"장난이라니. 내가 장난하러 여기까지 온 걸로 보여? 앉아!"

"……?"

선 채로 노려보는 곽영지.

하지만 외수는 한술 더 떴다.

"시시, 내 돈주머니 가져와!"

깜짝 놀란 시시가 달음박질하듯 자리를 나서며 품속의 전낭을 찾았다.

"여기……."

외수는 시시가 건네는 전낭을 그대로 곽영지 앞에다 던져 놓았다.

"이런 걸 뭐라고 하지? 선금? 착수금? 아니, 계약금이라고 하나? 어쨌든 귀살문 전체 살수에게 청부를 하는 데 얼마가 필요하지?"

"무슨 의도냐? 우리 귀살문이 우스워 보여?"

"천만에! 그만큼 극월세가가 다급하고 절박하단 뜻이지. 우스워 보인다고 여기면 우스워 보이지 않을 만큼 청부금을 제시해!"

거침이 없는 외수였다.

"……?"

곽영지의 표정이 왔다 갔다 어지럽게 엉켰다. 외수의 의도
가 파악이 안 되는 탓이다.

"거기 내 전낭, 적어도 황금 스무 냥은 들었을 텐데, 말했듯
이 선금일 뿐이야. 기간에 따라 원하는 만큼 주겠다. 수락을
해도 좋고 안 해도 상관없는데 일단 내 말을 끝까지 들어보는
게 어때?"

"……?"

황금 스무 냥?

곽영지의 눈이 휘둥그레졌다. 그녀뿐 아니라 둘러앉은 귀
살문 식구들의 표정도 마찬가지였다. 전낭을 던져 놓았을 땐
그만한 금액이 들었을 것이라곤 생각 못 했고, 어떻든 청부
금액으론 엄청난 액수인 탓이었다.

그것도 선금.

지금껏 귀살문이 받은 청부 중에 단 한 번도 없었던 액수.
황금 스무 냥은커녕 한두 냥짜리 청부도 쉽게 들어오지 않는
액수였다.

본인도 모르게 마른침이 꿀꺽 넘어가는 곽영지였다.

황금 스무 냥이면 살아남은 귀살문 식구 모두가 일 년 이상
생존을 이어갈 수 있는 돈이고, 특급살수들이 위험도가 높은

청부를 각자 열 번 이상 수행해야 만질 수 있는 거금. 곽영지의 눈이 저절로 탁자 위 돈주머니로 떨어졌다.

외수도 정확히 돈주머니에 얼마가 들었는지 몰랐다.

자신이 포상금으로 받은 돈에 편가연이 넣어둔 돈이 들었다는 것만 알지 확인을 해보지 않았기 때문이다. 그전 편가연이 황금 한 냥짜리 전표를 열 장 정도 넣어두었던 기억이 있기에 그 정도 들었을 거라 짐작하는 것뿐.

"황제를 암살하라는 것도 아니고… 너, 정체가 뭐냐?"

"정체라니? 말했잖아. 극월세가 안전을 책임지고 있는 사람이라고. 알다시피 극월세가는 위협을 받고 있고 사람이 필요해! 위사들론 모자라고 확실히 움직이며 싸울 수 있는 사람들! 그리고 그 칼로 공통의 적이 생겼잖아. 놈들이 얼마나 힘을 모았는지 모르지만 우리도 하나보단 둘이 낫겠지."

"……."

외수의 말에 거듭 마른침을 삼키는 곽영지였다. 돈도 돈이지만 공통의 적이라는 말에 더 심장이 격렬한 반응을 했다.

곽영지가 말을 못하고 외수의 눈만 노려보고 있자 소혼사 비령이 일어나 다가섰다.

"무척 당황스럽군. 생각도 못 한 뜻밖의 제안이라."

"……."

"논의해 보겠다!"

"그러시오!"

외수는 두말 않고 일어났다. 그리곤 시간을 주기 위해 바로 반야가 있는 곳으로 가 팔을 내밀었다.

"반야! 산책?"

두 마디에 반야는 알아듣고 일어나 외수의 팔을 잡았다.

총총히 객잔을 빠져나가는 두 사람. 시시가 이곳저곳 눈치를 보며 머뭇대다 서둘러 따라 나갔다.

*   *   *

"흠, 사대비문 중 너의 비천도문 빼고 세 곳이 얽히는 건가."

궁외수처럼 자리를 피해주기 위해 일부러 객잔을 나온 사하공이 혼잣말처럼 던져온 말에 나란히 앉아 강변을 내려다보던 송야은이 고개를 끄덕였다.

"그리 될 것 같군. 피바람이 일겠어."

"의심의 여지가 없지?"

끄덕.

"냄새가 너무 심해. 애초에 묻혀 있을 사건이 아니었어. 살수뿐 아니라 노인과 여자, 어린아이까지 사백이 넘는 사람이 몰살당한 사건이니까. 살수조직인 탓에 무림맹도 관부도 외면한 일, 자체적으로 해결할 수밖에."

"……."

"그런데 저놈이 해결할 수 있을까? 극월세가라 해도 상가이고, 귀살문은 턱없이 힘이 모자라는데?"

"뭐가 필요해? 저놈 하나면 돼. 불구덩이 속에 던져 놔도 어떻게든 다 해결하고 기어 나올 놈이야."

"하긴……."

송야은이 씁쓸히 입맛을 다시며 어제 자기 몸에 스스로 칼을 쑤셔 박던 외수를 떠올렸다.

"그런데 넌……? 너는 다 잊은 거냐?"

송야은의 말에 사하공의 인상이 어두워졌다.

술병을 잡은 손이 가늘게 떨렸고 강변을 내려다보는 시선도 떨고 있었다.

"괜한 것을 물은 건가?"

"잊지… 못했다. 어찌 잊을 수 있겠느냐. 단지 포기를 했을 뿐."

"어쩔 수 없는 일이었던가……. 네가 마지막 신검을 만든다고 했을 때 복수를 시도할 줄 알았다. 네가 만든 병기라면 대신 복수해 줄 사람들이 줄을 섰을 테니. 지금이라도 저놈에게 부탁해 보지 그러냐. 어차피 그러려고 만든 검 아니냐."

송야은의 시선이 두 여자와 강변을 걷고 있는 궁외수를 가리키고 있었다.

"흐훗, 완전히 포기하려고 저 녀석에게 준 것이다. 내가 가지고 있는 동안 생각에서 벗어날 수 없어서. 그리고 저놈은 안 된다. 그건 복수가 아니라 학살일 테니까."

"학살? 흉수에게 그딴 말이 뭐가 필요해. 네놈 아이들과 손자도……."

"그만둬! 내 죄일 뿐이다. 칼을 만든 내 죄!"

벌컥벌컥.

술병을 입에 문 사하공의 질끈 감은 두 눈에 상기하고 싶지 않은 슬픔이 배어 올라오고 있었다.

                    *   *   *

"반야, 걷기 불편하지 않아? 온통 자갈과 모래라서."

"아뇨, 괜찮습니다."

"그런데 반야, 요즘 왜 통 말이 없어?"

"……."

"혹시 저번에 목욕실 사건 때문이야?"

우뚝 멈추는 반야. 잡고 있던 외수의 팔에서 슬그머니 손을 빼더니 고개를 푹 숙이고 돌아서 버렸다.

빨갛게 달아오르는 목덜미.

"……?"

외수가 어리둥절하며 반야를 살피려 할 때 눈앞에 별이 튀었다.

퍽!

뒤따르고 있던 시시가 뒤통수에 주먹질을 한 탓이다.

"아야야, 아아!"

머리통을 감싸 쥐고 죽을 듯이 눈물을 찔끔거리는 외수.

시시가 소리를 빽 질렀다.

"그 얘길 왜 또 꺼내요?"

식식대는 시시.

"야, 뭘로 때린 거야? 왜 이렇게 아파?"

꼬옥 움켜쥔 시시의 작고 보드라운 손 안에 예쁜 돌이라며 주워들고 있던 꽤 큰 조약돌이 쥐어져 있는 걸 외수는 보지 못했다.

"이거 피나는 거 아냐? 아야야, 아야!"

죽을 듯한 시늉을 하며 연신 머리를 비빈 손을 확인하는 외수.

"시끄러워욧! 정말 용서가 안 돼! 음마! 색마! 바람둥이!"

"바람둥이가 거기서 왜 나와?"

"그래도 이 공자님이!"

휙!

시시의 주먹이 또다시 외수 머리통으로 향했다. 하지만.

턱!

"내가 또 당할 줄 알아? 흐흐!"

시시의 손목을 붙잡아 버린 외수가 의기양양 비릿하게 웃었다.

퍽!

"흡? 끄으으… 아아, 아아아……."

까뒤집히는 동공. 사타구니를 움켜쥔 외수가 온몸을 배배 꼬며 주저앉았다.

"끄윽… 도대체 나무 꼬챙이 같은 애가 무슨 무릎의 힘이……."

시시는 거기서 그치지 않았다. 정강이까지 마구 걷어차 놓곤 반야를 낚아채 객잔으로 향했다.

"흥!"

외수가 뒤에서 소릴 질렀다.

"야! 실수라고 말했잖아!"

시시가 도끼눈으로 홱 돌아 쩌려보기만 하곤 상종도 않고 걸음만 재촉했다.

"저걸 그냥! 아이고 아파라!"

걷어차인 정강이를 연신 쓰다듬는 외수. 하지만 눈은 두 여자에게서 떨어지지 않았다.

"히히, 예쁘네."

엉큼한 미소를 흘리는 외수. 그의 음흉한 눈길은 빼쪽빼쪽 걸어가는 두 여자의 엉덩이에 찰싹 달라붙어 따라 걸어가고 있었다.

*　　　*　　　*

객잔의 상황이 바뀌었다. 외수가 앉았던 자리에 곽영지가 술병을 놓고 앉아 기다리고 있었고 시시, 반야와 함께 외수가 들어섰다.

무거운 분위기.

외수가 둘러앉은 귀살문 식구들을 돌아본 다음 곽영지에게 말했다.

"논의는 끝난 것 같군."

끄덕.

"그럼 들어볼까."

마주 앉으며 술병을 당기는 외수.

쪼르르르.

술잔이 채워지는 소리가 제법 낭랑하게 울렸다.

"황금 백오십 냥!"

"계속해 봐!"

곽영지의 입에서 엄청난 액수가 튀어나왔음에도 외수는 전혀 거리낌 없이 채워진 술잔만 느긋하게 입으로 가져갔다.

"기간은 석 달! 연장 시엔 똑같은 기간 똑같은 금액으로 동일 계약! 인원은 특급살수 셋 포함 나까지 모두 아홉!"

쭈욱.

묵묵히 듣기만 하던 외수가 단숨에 술잔을 털어버렸다.

외수가 술을 넘길 때 귀살문 식구들 대부분도 같이 마른침을 넘기며 외수의 입을 주목했다.

부를 수 있는 청부 금액 최대치를 부른 탓이었다. 귀살문을 살릴 밑거름이 될 수도 있는 엄청난 금액. 상대가 극월세가이기에 불러볼 수 있는 금액이었다.

"좋아, 수락한다. 이 시점부터 청부는 성립된 거다."

"고맙다고 해야 하는 건가?"

"내가 고맙다고 해야겠지."

"무엇부터 하면 되지?"

"어렵지 않다. 너희들이 하고 싶은 것! 즉, 절혼이비도를 들고 극월세가를 침입한 그자, 너희 귀살문을 공격했던 그자들의 정체를 확인해 주면 된다. 어떤 조직이고 또 어떤 세력과 손을 잡고 있는지, 면밀하게 하나라도 더 조사하고 추적해 알려주기만 하면 돼. 빠르면 빠를수록 좋겠지만 시간이 걸려도 상관없다. 확실한 증거를 찾아줘. 짐작하는 곳은 있겠지?"

끄덕.

"좋아! 조사에 착수하는 이들만 빼고 나머지는 최대한 빨리 극월세가로 와주길 바란다. 언제까지 올 수 있어?"

"닷새 이내!"

"기다리겠다. 다른 얘기는 그때 하지."

거침없이 외수가 일어났다.

따라 일어나는 곽영지의 얼굴은 상기되어 있었다. 청부를 받는 입장이지만 극월세가라는 막강한 힘을 등에 업고 오히려 복수를 꿈꿀 수 있게 되었기 때문이다.

"고맙군."

외수가 슬쩍 돌아보곤 비식 웃기만 했다.

"훗, 내가 할 소리라니까!"

第四章

절대신병, 사하공의 한(恨)

도대체 뭘 원하는 거야, 뭘 원하는 건데?
말을 하라고, 이 새끼야. 제발!

—얻어터지고 있는 놈

한가로운 오후의 풍경.

아늑하고 여유가 느껴지는 시골 마을에 아이들 웃음소리가 요란했다.

"하하하! 사부님, 내일 뵙겠습니다."

"오냐, 오냐!"

시골치곤 꽤 잘 지은 장원의 담장 너머에서 들려오는 소리들이었다.

천하무관(天下武館)이란 간판이 붙은 장원. 곧 한 떼의 아이들이 우르르 쏟아져 나왔다.

예닐곱 살 아이들부터 열대여섯은 된 아이들까지 남자, 여자 할 것 없이 모두 해맑은 얼굴들을 하고 각자의 방향으로 흩어지는 아이들.

"잘 가, 내일 봐!"

"그래, 안녕!"

어디 하나 그늘진 구석이 없는 아이들이었다.

그들이 사라지고 나자 장원 주변은 고요만이 감돌았다. 조금은 마을과 떨어진 곳에 위치한 덕분이었다.

그렇다고 아이들 소리가 완전히 사라진 건 아니었다.

"타핫! 합!"

"이엽!"

제법 기합을 넣는 아이들 소리. 곧이어 자상하고 푸근한 노인의 목소리도 들려나왔다.

"허허, 이놈들아. 이제 그만해도 된다니까. 힘 다 빠지겠구나."

마당 한가운데 서너 명의 아이가 각자 목검을 휘두르고 있었고, 늙어 등이 휜 노인 하나가 긴 빗자루를 들고 마당 구석을 쓸며 인자한 미소를 보이고 있었다.

"사부님, 제가 할게요."

제법 청년 티가 나는 소년 하나가 다른 방향에서 물동이를 들고 오다가 얼른 내려놓고 노인에게로 달려와 빗자루를 빼앗아 들었다.

"그래, 그럼 난 우리 막내가 얼마나 늘었는지 구경이나 해볼까. 허허허."

한쪽 구석에 놓인 의자로 가서 엉덩이를 걸치는 노인. 아이들도 노인도 무척 행복해 보였다.

노인이 고향 땅도 아닌 이곳에 아이들을 모아 무공을 가르치기 시작한 건 이십 년도 더 된 일이었다. 아이들을 가르치는 게 즐거웠고 그들과 함께 하는 게 즐거웠다.

지금 마당에 남은 아이들은 오갈 데가 없어 자신이 거둔 아이들. 어느덧 칠순을 훌쩍 넘기고 팔순을 향해 가는 나이. 가족이 없고 친척도 없는 노인으로선 더 이상 바랄 게 없는 삶이라 항상 만족했다.

꾸벅꾸벅 졸음까지 느끼며 편안하게 의자에 몸을 묻은 노인. 그때 그의 눈앞으로 무언가 살랑대며 떨어졌다.

"으응……?"

졸음에 겨운 눈으로 바닥에 떨어진 것을 주워드는 노인.

한 장의 종이였다.

"이게 뭐지?"

종이를 살피던 노인의 안색이 갑자기 굳어졌다.

중년 사내의 얼굴이 그려진 종이. 노인이 벌떡 일어나 고개를 쳐들었다.

"웬 종이가……?"

"흐흐흐, 이런 곳에 있으니 찾을 수가 없지."

"……?"

노인이 지붕 위에서 내려다보고 있는 자들을 정신없이 돌아보았다. 이곳저곳 시커먼 복면을 한 인영들. 스무 명도 더되어 보였다.

"누, 누구요? 웬 사람들이오?"

"사부님?"

저승사자 같은 자들의 난데없는 출현에 아이들도 놀랐다.

"어때? 네 얼굴 맞지?"

유일하게 복면이 아닌 면사로 얼굴을 가린 인물이 비릿하게 웃었다.

"널 찾느라 얼마나 많은 시간 많은 돈을 들였는지 아느냐."

"왜, 왜 나 같은 시골 무지렁이를 찾는단 말이오?"

"시골 무지렁이? 흐흐훗, 그렇게 보이기도 하는군. 천하제일의 무적 병기를 가진 자가 평생을 이렇게 살다니. 존경스러울 지경이야. 지금도 몸에 두르고 있나?"

"뭔가 오해를 하는 것 같구려. 무적 병기라니. 난 그냥 이런 시골구석에서 아이들 재롱이나 맞춰주는 촌로일 뿐이오."

"손공노! 추잡스럽게 굴지 마라. 말했잖느냐. 널 찾는 데 수많은 노력과 돈을 들였다고. 이런 식의 말장난은 나를 모욕하는 짓이다."

"아니오! 사람 잘못 찾았소. 난 손공노가 아니라……."

"안 되겠군."

면사 인물의 신호에 한쪽에서 꽂히는 듯한 파공성이 일

었다.

휘익! 슈칵!

노인의 눈이 돌아갈 틈도 없었다.

빗자루를 들고 있던 소년이 두 쪽으로 쪼개져 피를 뿜으며 허물어졌다. 어느 틈에 복면인 하나가 날아 내려와 일도에 베어버린 것이었다.

"혀, 형? 형?"

아이들의 울부짖음.

노인은 벌어진 입으로 말조차 하지 못했다.

다른 복면인들이 내려와 나머지 아이들까지 붙들었다.

"흐흐흐, 이래도 계속 말장난을 할 참이냐?"

넋을 잃은 채 올려다보는 노인.

"원하는 게 무적신갑이냐?"

"크크, 이제야 말을 알아들었군."

"주겠다! 아이들을 놓고 물러나라!"

"늦었어! 신갑부터 내놔!"

"아이들을 놔주지 않으면 네놈들은 영원히 그것을 갖지 못한다."

"⋯⋯."

"아이들에게서 떨어져라!"

본색을 드러낸 노인. 조금 전까지의 힘없는 늙은이 흉내는 없었다. 면사인을 노려보는 눈매나 음성에 힘과 의지가 뚜렷

했다.

면사인이 갈등을 했다. 만약 손공노가 무적신갑을 차고 있는 상태라면 만만찮은 싸움이 시작될 수 있었기 때문이다.

어쩔 수 없이 그는 다시 손을 들어 신호를 내렸다.

"사부님, 엉엉!"

복면인들의 손에서 풀려난 아이들이 노인에게 달려왔다.

"울지 마라! 울면 장부가 될 수 없다."

머릴 쓰다듬는 노인. 아이들이 이를 악물고 눈물을 참으려 애를 써보았다.

"모두 내 말을 잘 들어라. 지금부터 너희들은 여길 떠나야 한다. 놈들이 형을 죽이는 것 봤지? 아주 나쁜, 아주 흉측한 놈들이다. 여기 있으면 너희들도 죽는다. 그러니 지금 즉시 여길 나가 아주 멀리멀리 달아나라. 할아버진 걱정 안 해도 된다. 알아들었느냐?"

"뭐하는 짓이냐?"

지붕 위 면사인의 고함에 노인이 돌아보았다.

"주둥이 닥치고 있어라! 이 아이들 털끝 하나 건드리면 무적신갑은 나와 함께 영원히 묻힌다, 더러운 놈들!"

노인의 서슬에 면사인이 찍소리 못 하고 입을 닫았다.

"보았지? 어서 떠나라! 돌아올 생각도 말고 최대한 멀리 떠나서 놈들이 찾지 못하게 꼭꼭 숨어!"

"사부님, 흑흑!"

겁에 질린 아이들은 우물거리기만 했다.

"어서!"

노인이 등까지 떠밀며 재촉을 했을 때에야 울고 있는 아이들은 대문으로 움직이기 시작했다.

"돌아보지 말고 어서 가라! 반드시 살아남아야 한다!"

"사부님······!"

눈물을 뿌리며 뛰기 시작하는 아이들.

그러자 복면들이 움직이려는 기미를 보였고 노인이 다시 고함을 질렀다.

"꼼짝 마라, 이놈들! 한 놈이라도 아이들을 쫓아가면 혀를 깨물고 죽어버리는 수가 있다!"

움찔한 복면인들이 지붕 위 면사인의 눈치를 보았다.

하지만 면사인은 노인만 죽일 듯이 노려보며 반응을 보이지 않았다.

"손공노! 만약 본좌를 속이려는 허튼 수작에 지나지 않으면 세상을 다 뒤져서라도 아이들을 찾아 죽일 것이다."

"걱정 마라! 나는 네놈들 같이 욕망에 찌든 늙은이가 아니다."

노인이 면사인을 외면하고 죽은 소년에게로 갔다.

"쯧쯧, 불쌍해서 어쩔꼬. 피어 보지도 못한 채 악마들의 손에 고혼이 되었구나. 내 탓이다, 내 탓이야. 부디 좋은 세상 만나 다시 태어나거라."

노인은 눈도 감지 못하고 절명한 아이의 눈을 쓸어 감겨주었다.

"고연 놈들!"

눈물을 보인 노인은 소년의 시체를 수습한 뒤 의자를 마당 가운데로 끌어다놓고 앉았다.

지붕 위 면사인이 소릴 질렀다.

"언제까지 기다리게 할 참이냐?"

"아이들이 안전해졌단 생각이 들 때까지!"

"한 시진 주겠다!"

"웃기지 마라! 한 시진으로 턱도 없이 부족하다."

"어쩌겠단 것이냐?"

"자정까지 기다려라!"

"무어라, 자정?"

면사인이 발끈했지만 어쩌지 못했다.

"좋아, 기다려 주지. 절대신병을 얻는 데 그 정도야 못 기다릴까."

"흥, 어리석은 것들! 욕망 따위에 사로잡혀 생명을 함부로 여기는 놈들!"

"흐흣, 그딴 소릴 지껄이는 걸 보니 절대신병을 가질 자격이 없는 놈이었군."

"그래, 내게 맞지 않는 물건을 가진 죄다. 이런 날이 올 줄 알았어."

"그래서 고작 단 한 번밖에 사용해 보지 못하고 위력에 놀라 봉인했던 것이냐?"

"그래. 네놈들 같이 벌레들이 꼬이는 게 싫어서!"

"푸흐흐흣, 멍청하구나. 천하를 아우르고 부귀영화를 누릴 수도 있었을 것을. 활용하지도 않을 걸 애초에 무엇 하러 가졌더냐?"

"……."

노인이 째려보기만 했을 뿐 대답 않고 고개를 돌려 버렸다.

노인은 후회하고 있었다. 사하공을 찾아갔던 것을.

처음엔 그저 몸이나 보호할 목적으로 보호 장구를 원했던 것이지만 무적신갑을 본 후 탐욕을 자제하지 못했다.

완벽한 호신갑. 하지만 그것이 욕망을 부추긴다는 걸 깨달았고 보호 장구일 뿐 아니라 수십 수백 명을 한꺼번에 쓸어버릴 수도 있는 엄청난 공격 무기이기도 하단 사실은 결국 자신에게 맞지 않는 옷과 같은 것임을 깨닫게 했다.

또한 자신에게 재앙이 될 수도 있다는 것도 깨닫게 했다. 그것을 지킬 능력이 자기에겐 없었다. 한낱 하급 무장에 지나지 않던 자신이 천하 무림에서 쏟아질 탐욕을 어찌 감당할 수 있으랴.

뒤늦은 깨달음. 하지만 그 엄청난 기병을 돌려주기 위해 다시 사하공을 찾아갔을 땐 그가 사라지고 없었다.

그 길로 자신은 무장 일을 관두고 세상을 등졌다. 손공노란 이름을 버렸고 자신을 아는 이가 없는 오지로만 수년을 떠돌았다. 그리고 정착한 곳. 이제는 신갑과 함께 영원히 묻힐 수 있겠단 생각을 가졌건만 결국 맞지 않는 것을 가진 죗값을 치르게 되고 말았다.

지킬 욕심은 없다. 가져가서 뭘 하든 상관없다. 모두 제 놈들 할 탓.

어둠이 내렸고 불도 밝히지 않은 장원 마당에 교교한 달빛만 흐르고 있었다.

꿈쩍 않고 의자에 앉아 있던 손공노가 나른한 듯 기지개를 켰다.

"아함, 좋은 밤이로구나. 달빛이 이렇게 멋진 밤이건만 악마들을 마주하고 있어야 한다니. 쯧쯧!"

"자정이다. 무적신갑은 어디 있느냐?"

손공노가 쏟아지는 달빛 속의 지붕 위 사내를 째려보았다. 노년에 접어든 듯한 중년인. 장대한 기골에 욕망으로 인한 살기가 철철 넘쳐흐르는 자였다.

정체조차 궁금하지 않은 손공노가 천천히 의자에서 일어났다.

"내 의자 밑에 있다. 가져가라!"

의자로부터 한 걸음 물러나는 손공노.

"뭐?"

지붕 위 면사인이 황급히 뛰어내렸다. 그러자 사방 담장 위의 복면인들도 마당으로 내려섰다.

"여기 밑에 있으니 파서 가져가란 말이다."

손공노의 말에 면사인이 신호를 했고 복면인 하나가 의자를 걷어차고 바닥의 청석을 뜯어내기 시작했다.

두꺼운 몇 장의 돌바닥을 들어내자 과연 아래로 빈 공간이 있었고 그 공간 안에 박힌 듯한 상자가 보였다.

"비켜라!"

면사인이 나서 직접 상자를 집어 올렸다.

길쭉한 상자.

상자를 든 면사인이 흥분된 감정을 온몸으로 표현하고 있었다.

"틀림없이 여기 들었느냐?"

순순히 내주는 것이 의심스러운 듯.

하지만 노인은 콧방귀로 대꾸했다.

"열어보면 알 것 아니냐."

면사까지 걷어 올린 중년인은 떨리는 손으로 조심스럽게 상자를 열었다.

아무런 잠금장치도 없는 상자.

중년 사내는 자신의 눈을 의심했다. 분명 무언가 있긴 있었다. 순간적으로 아무것도 없는 빈 상자로 오인했을 만큼 신비로운 물체.

"흐흐흐흐……."

오랫동안 추적했고 그만큼 원했던 물건이기에 중년 사내는 기쁨을 주체하지 못했다.

"가지고 꺼져! 그걸 가지고 무얼 하든 상관 안 할 테니."

"흐흐흐, 그래야지! 이제 이 신병의 주인은 나고 천하의 주인도 내가 될 테니. 하지만 누구도 당분간은 그 사실을 몰라야 해!"

"……?"

중년 사내가 상자를 가지고 지붕 위로 다시 날아올랐다. 그리곤 처마 끝에 서서 돌아보며 섬뜩한 눈초리로 명령을 내렸다.

"죽여! 도망간 아이들은 물론이고, 그놈들이 누군가와 접촉을 하고 도주했을지도 모르니 이곳 인근의 인간이란 인간은 단 한 놈도 남기지 말고 모조리 죽여 버리도록! 아예 마을 전체를 불사르고 잿더미만 남게 해!"

"뭐얏?"

"흐흐흣, 멍청한 늙은이! 이런 놀라운 신병을 갖고 있으면서 써먹지도 못하다니. 아이들이 튀어봤자 얼마나 가겠느냐. 잘 가라! 네 아이들도 곧 따라갈 것이다!"

한껏 비웃음을 흘린 중년인이 지체 없이 어둠 속으로 신형을 날려 사라져 갔다.

"거기 서! 서랏, 이놈!"

손공노가 발버둥을 쳤지만 공허한 메아리만 떠돌 뿐이었다.

스칵!

복면인들의 칼에 의해 핏줄기가 솟구쳐 오르고 손공노의 머리통은 너무나도 허무하게 땅바닥을 굴렀다.

복면인들은 신속하고 빈틈없게 움직였다. 각자 장원을 수색하고 다른 인적이 없음을 확인한 다음 불을 질러 모든 걸 흔적조차 남지 않게 태워 버렸다. 그리곤 도주한 아이들을 쫓아 마을 사람들을 모조리 도륙했고 풀 한 포기 남기지 않고 태워 버렸다.

비명 속 불바다가 된 마을. 달빛조차 불타 버린 참극이었다.

*   *   *

늘어난 일행. 어딜 가도 눈에 띌 수밖에 없었다.

큰 키에 백옥의 피부, 이국적 외모를 가진 북해 빙궁 여인들 때문이었다. 밖에서 그녀들이 말을 타고 마차와 나란히 달리고 있으니 눈길이 모이지 않는 게 오히려 이상했다.

"이봐, 좀 떨어져서 쫓아오면 안 돼?"

송야은과 사하공을 태우는 바람에 어쩔 수 없이 마부 대신 마차를 몰게 된 궁외수가 세 여자들을 향해 버럭 소릴 질렀다.

"그래야 할 이유가 있느냐?"

"당연히 있지! 여기까지 올 때 우리가 얼마나 조심하며 왔는지 알아? 살수한테 공격받고 싶어?"

"그게 우리랑 무슨 상관이냐?"

"눈길을 끌고 있잖아. 너희들 땜에!"

올 때와 달리 최대한 빠른 길을 이용해 극월세가로 돌아가고 있는 외수였다. 출발할 때보단 여유가 생겼지만 그래도 공격받을 우려가 전혀 없는 것은 아니어서 그러는 것이었다. 물론 몸 상태만 온전하다면 이런 말을 아예 꺼내지도 않았겠지만.

외수의 말을 알아들었는지 바로 붙어 달리던 여인들이 조금 뒤로 떨어져서 따르기 시작했다.

그렇다고 해도 달라질 건 없었다. 누가 봐도 같은 일행으로 볼 만큼의 거리밖에 되지 않았기 때문이다.

"젠장!"

외수는 제법 한산한 곳의 객잔이 보이자 마차를 세웠다. 이른 새벽부터 달려왔기에 말도 사람도 휴식이 필요했고 식사도 해야 했기 때문이다.

이 층으로 지어진 객잔은 개방형이었다. 전면이 창조차 없이 다 뚫려 보기에도 시원한 객잔.

"어섭셔!"

여덟 명이나 되는 손님을 한꺼번에 받게 된 주인과 점소이
가 활기찬 인사를 했다.

그러나 외수는 활기찰 수 없었다. 부상 때문에 허벅지와 어
깨, 가슴팍이 아픈 탓이었다.

마차에서 내리자마자 시시와 반야는 객잔 뒤편으로 향했
다. 말을 매어놓은 북해 빙궁 세 여인도 쫓아서 같이 움직였
다.

여인들이 우르르 몰려가는 건 빤했다. 쉬 하러!

외수도 마차에서 내려 길 옆 풀숲에다 아무렇게나 철철 해
결해 버리곤 절뚝거리는 걸음으로 객잔으로 들어갔다.

사하공과 송야은이 같이 자릴 잡아 앉고 잠시 후 뒤쪽 문을
통해 줄줄이 여자들이 들어왔다.

각자 자리에 앉아 원하는 음식들을 주문하고 있을 때 뜬금
없이 빙궁 여인들이 주문표만 쳐다보며 망설이고 있었다.

외수가 그 이유를 눈치챘다.

"이봐, 걱정 말고 주문해! 우리 팀에 묶인 거니까 그런 건
우리가 책임져!"

"……."

사실 가장 싼 소면을 주문하려던 여인들이었다. 오랜 타지
생활에 이미 가진 돈이 바닥이 난 상태였고 빙궁으로 돌아간
동료들이 돌아올 때까진 여유가 없던 그녀들이었다.

말없이 먹고 싶은 음식들을 주문하는 여인들.

외수가 싱긋이 웃으며 고개를 돌렸다. 그때 반야와 다른 탁자에 앉아 있던 시시가 행낭을 어깨에 맨 채 외수에게로 다가왔다. 웃음 속 일그러진 외수의 인상을 본 것이다.

"공자님, 많이 아프세요?"

말없이 고개를 끄덕이는 외수.

"좀 볼게요."

시시는 바로 외수 앞에 앉아 바짓단의 매듭을 풀었다.

외수는 바지를 조금씩 조심스럽게 걷어 올리는 그녀를 물끄러미 내려다보며 내버려 두었다. 그만큼 상처에서 오는 통증이 쓰라린 탓이었다.

"어휴!"

상처의 붕대까지 푼 시시가 상태를 확인하곤 자신이 더 아파했다.

"소독하고 약을 바를게요."

시시가 주저 없이 행낭을 펼쳐 각종 치료 물품들을 바닥에 꺼내놓았다. 붕대는 물론이고 지혈제, 소독약, 가루약, 물약, 마취제, 심지어 부목까지 있었다. 어지간한 의생(醫生)보다 더 많은 치료 도구들을 갖고 다니는 그녀.

"시시, 웬만하면 식사 후에 하지?"

외수가 약 냄새로 인해 다른 사람 식사에 방해가 될까 봐 한 말이지만 시시는 고개를 저었다.

"그때까지 아파야 하잖아요."

묵묵히 손을 놀리는 시시. 약 냄새가 풍기든 말든 그녀는 상처를 치료하는 데만 집중했다. 소독을 하고 약을 바르고.

그러고 있을 때 객잔에 다른 한 무리의 손님이 들이닥쳤다.

십여 명.

그런데 외수와 눈이 딱 마주친 그들은 익숙한 얼굴이었다.

상대가 먼저 눈을 치떴다.

"엇?"

뜻밖에도 위지세가 위지흔, 위지강 형제들이었다.

여전히 화려한 행색. 부호 가문의 자식들인 걸 자랑하듯 번쩍이는 비단옷에 값비싼 보석 장신구들.

"허헛, 이런 곳에서 극월세가 궁 공자를 마주하다니? 정말 뜻밖이오. 어쩐 일이오, 이런 곳까지?"

장남인 위지흔이 포권을 해보이며 인사를 하자 외수도 앉은 채로 두 손을 들어 인사를 했다.

"볼일이 있어 왔다가 돌아가는 길이오."

"오, 그렇구려. 어쨌든 반갑소. 그런데……?"

두 형제의 눈초리가 외수의 다리 상태에 꽂혔다.

"다치셨구려. 무슨 일이오? 싸웠소?"

"허다한 일 아니겠소. 신경 쓸 일은 아니오."

"허헛, 그것 참!"

안타깝다는 입맛을 다시는 위지흔.

그때 뒤에서 거구의 인물이 물었다.

"누구더냐?"

"아, 사부! 사부께선 모르시겠군요. 남궁세가에서 멋모르고 설치던 강이 녀석을 혼내준 극월세가 궁외수란 사람입니다."

"그래?"

중년 거한의 눈매가 예사롭지 않게 번뜩였다.

"궁 공자, 소개하겠소. 저와 동생에게 가르침을 주시는 사부님이시오."

마뜩치 않는 외수가 다시 포권을 했다.

"궁외수요. 꼴이 이래서 일어서지 못하니 양해해 주시오."

"반갑군. 그러잖아도 요즘 위명이 자자해 만나보고 싶었는데 이런 곳에서 보게 되는군. 구풍백(球豊栢)이라 한다."

구풍백.

외수는 전혀 모르는 이름이었으나 사하공이나 송야은은 눈빛이 바뀌었다. 치료 중인 시시까지 돌아볼 정도였다.

위천검(偉天劍)이란 별호로 통하는 구풍백.

검왕이자 진천일검(振天一劍)으로 불리는 남궁세가의 남궁산이 아니었다면 의천육왕의 검왕 자리는 그의 차지였을지도 모른다고 세인들이 떠들 만큼 대단한 고수.

충분히 독자적 세력을 이루고도 남을 능력이 있는 사람임에도 젊은 시절 몸담았던 위지세가에 그대로 남아 있는 인물이었고, 그런 그를 위지세가의 가주 위지람이 최선의 대우를 하고 있는 것으로 유명한 인물이었다.

"하하하, 사부! 사부께서는 모르시겠지만 궁외수 공자가 나이는 어려도 정말 놀라운 무위와 재능을 지닌 천하의 인재입니다. 물론 후기지수 대회에서 우승한 사람이니 말할 것도 없지만, 그게 칼을 잡은 지 불과 한 달 만에 이뤄진 성과라면 믿을 수 있겠습니까?"

자기가 자랑스럽단 듯 떠벌이는 위지혼.

"뿐만 아닙니다. 파천대구식이란 놀라운 무공을 펼치는데 그조차 동네 책방에서 얻은 기연으로 단기간에 신공을 완성했다 합니다. 하하하, 정말 대단하지 않습니까. 오죽하면 강이 녀석이 칼이 없는 상대인데도 한 방에 패대기쳐져 두 시진이나 깨어나지 못했겠습니까."

칭찬인지 놀리는 것인지 구분이 되지 않는 위지혼의 말솜씨.

"그런가. 무림에 출중한 인재가 등장하는 건 언제고 좋은 일이지. 언제 나도 한 번 실력을 보고 싶군."

"하하하, 기회가 있을 겁니다. 극월세가와 우리 위지세가는 교분이 두터우니까요."

외수에게 눈을 꽂은 채 고개를 끄덕이는 구풍백.

"치료 중인데 방해되겠다. 앉자!"

"예, 사부!"

한바탕 마음대로 떠든 위지세가 일행이 우르르 몰려가 한쪽 구석으로 자릴 잡았다.

그러고도 위지혼이나 위지강 형제는 계속 외수와 나머지 사람들에게 관심을 보이며 힐끔대기만 했다. 특히 따로 앉은 이국적 외모의 빙궁 여인들이 외수와 같은 일행인지 궁금한 모양이었다.

식사는 이쪽이나 저쪽이나 빠르게 끝났지만 외수와 시시는 치료 때문에 늦을 수밖에 없었고 빠른 식사를 할 수 없는 반야도 역시 마찬가지.

빙궁 여인들이 먼저 식사를 마무리하고 차를 주문해 마시고 있을 때 위지세가 일행들이 자리에서 일어났다.

"궁 공자, 우린 먼저 가보겠소. 몸조리 잘하며 돌아가시오."

"고맙소. 또 봅시다."

외수의 대꾸에 빙긋이 웃음을 짓는 위지혼. 그런데 돌아서려던 그가 잊은 게 있다는 듯 다시 입을 열었다.

"아, 그런데 뒤에 있는 분들도 일행이시오?"

"그렇긴 한데 왜 묻소?"

"하하, 별건 아니고 중원 사람들 같지 않은데 일행 중 한 분을 뚫어지게 보고 있어서 말이오."

"……."

외수도 알고 있었다. 그녀들이 북해에서 어떤 답이 올지 모르기 때문에 눈을 치료할 대상인 반야를 유심히 쳐다보고 있었다는 것을.

"혹시 저쪽에 계신 분은 낭왕의 손녀이신 염 소저가 아니오?"

"그렇소."

자신의 이야기가 나오자 면을 집어 조심스럽게 입으로 가져가던 반야가 젓가락을 내려놓았다.

"오, 역시 그랬구려. 낭왕 대협께서 공자 때문에 목숨을 잃었다고 하던데 역시 세상에 떠도는 소문은 믿을 게 못 되는구려. 그렇지 않고서야 이처럼 두 분이 같이 계실 리가 없으니 말이오."

"……."

마음이 상한 외수. 당장 일어나 위지흔의 아가리를 찢어놓고 싶은 심정이었지만 참았다.

"그런데 뒤에 분들은 누구시오? 너무 눈부신 분들이라 감히 상상이 안 가는구려."

"무엇이 궁금하오? 알고 싶으면 직접 물어보시오."

말해줄 입장이 아닌 외수가 외면하고 다시 젓가락을 놀리기 시작했다.

픽 웃음을 흘린 위지흔이 여인들을 향해 돌아섰다.

"소인 위지세가의 장남 위지흔이라 하오. 보통 분들이 아니신 것 같은데 어떤 분들인지 여쭤도 되겠소?"

"아니! 관심 없으니 갈 길이나 가!"

"킥!"

여인들의 냉담한 대꾸에 시시가 자기도 모르게 웃음을 터뜨리고 말았다.

얼른 입을 가리는 시시. 반야도 고개를 숙이고 입술이 반질거리도록 소리없이 웃고 있었다.

얼굴이 벌게진 위지혼. 아무런 대꾸도 못 하고 벌레 씹은 표정만 하고 있을 때 그를 보던 사하공의 눈길이 심하게 흔들렸다.

"잠깐! 잠깐만!"

체면만 구긴 채 밖으로 나가려던 위지혼을 붙드는 외침. 모두의 눈이 사하공에게 모였다.

"뭐요?"

이미 화가 머리끝까지 치솟아 있는 위지혼이라 반응이 고울 리 없었다.

"그 검! 네 것이냐?"

사하공의 눈은 위지혼뿐만 아니라 위지강의 허리춤까지 훑고 있었다. 그러고 보니 둘 다 똑같은 검을 차고 있었고 전에 비무 때 사용했던 검과는 다른 검이었다.

"무슨 뚱딴지같은 소리지? 당연히 내 것이지!"

"너희의 화려한 구색에 어울리지 않는 듯한데, 어디서 났느냐?"

"어디서 나다니? 본래부터 우리의 것이었다."

쾅!

사하공이 식탁을 내려치며 자리를 박차고 일어났다.

"헛소리! 그럴 리 없다! 어디서 났는지 똑바로 말하라!"

외수도 송야은도 사하공에게서 눈을 떼지 못했다. 갑작스레 일어난 노기. 특히 외수로선 사하공이 이 같은 노기를 표출하는 걸 처음 보기에 더욱 그의 기색을 놓치지 않으려 집중했다.

"이 영감이? 지금 무슨 소릴 하는 거야?"

위지흔이 어이없다는 듯 발끈하자 위천검 구풍백이 손을 뻗어 그를 제지하며 나섰다.

"존장은 뉘시오? 뉘시기에 두 아이의 검에 대해 묻는 것이오?"

"대답부터 해라!"

"흠, 내가 기억하오. 예전 두 아이가 아주 어렸을 때 위지세가에서 둘을 위해 누군가로부터 구입한 것으로 알고 있소. 그런데 문제가 있는 검이오?"

"구, 구입했다고? 누구에게?"

"기억은 희미하지만 무기상인 듯했소. 당시 꽤 거금을 지불했던 것을 기억하오만."

"……."

말을 잇지 못하고 부들부들 떠는 사하공. 그의 눈이 위지흔과 위지강의 검에서 떨어질 줄을 몰랐다.

"무슨 일이오. 존장은 뉘시고 왜 그러는지 말해 보시오."

여전히 말없이 두 손을 식탁에 짚은 채 감정을 주체하지 못하는 사하공이었다.

심상찮은 그의 기색을 살피던 외수가 대신 대답했다.

"그는 사하공이오."

"사하공?"

구풍백의 눈자위가 실룩였다.

외수가 사하공에게 조심스레 물었다.

"혹시… 영감이 만든 검이오?"

"술!"

"……?"

"술 가져와!"

쓰러지듯 넋을 놓고 주저앉은 사하공.

그를 부축하러 일어났던 송야은이 구풍백 등에게 말했다.

"뭔가 오해를 한 듯하니 신경 쓰지 말고 가보시게."

"……?"

격한 감정에 무너진 사하공을 물끄러미 내려다보던 구풍백이 알았단 듯 거침없이 돌아섰다.

"가자!"

뒤를 힐끔거리며 객잔을 빠져나가는 위지세가 일행들.

외수가 거듭 사하공의 기색을 살피는 사이 송야은이 점소이에게 술을 가져오게 했다.

벌컥벌컥!

들이붓듯 술을 마시는 사하공. 뒤로 꺾은 그의 눈에 눈물이
맺혀 오르는 걸 모두는 보았다.

"궁외수! 너흰 나가 있든지 먼저 떠나든지 해라!"

송야은의 말.

물끄러미 사하공을 보던 외수가 두말 않고 일어났다.

그가 밖으로 향하자 시시도 반야를 데리고 바로 따라나섰
다.

한데 외수가 향한 곳은 마차가 아니라 뒤뜰이었다.

생각에 잠긴 듯 멍해 보이는 상태로 낮은 돌담에 엉덩이를
걸치고 앉는 외수. 잠시 후 시시와 반야에 이어 빙궁의 여인
들까지 밖으로 나오자 그제야 고개를 들었다.

"이봐, 바로 출발하긴 어려울 것 같으니 여장들 풀어! 하룻
밤 묵어가자고!"

대꾸 않고 쭈뼛거리기만 하는 여인들. 외수가 시시에게 말
했다.

"방을 잡아, 시시!"

"그럴게요."

*   *   *

끝도 없이 들이붓기만 하는 술. 보다 못한 송야은이 사하공의 손목을 와락 움켜잡았다.

"이봐, 왜 이래? 왜 이러는지 이유나 말해!"

감정이 눌리고 술에 힘이 빠진 사하공이 가만히 눈을 들어 송야은을 보았다.

"그 검, 내가 아들 녀석에게 준 것이야."

"뭐?"

"무공도 못 하는 녀석. 그래도 아비가 명검을 만드는 장인이라고 둘이 결혼할 때 예물처럼 하나씩 주었던 쌍검이다."

"……."

"거짓말이야! 무기상에게 돈 주고 샀다는 말, 거짓말이야!"

격한 감정에 울분이 이어지는 사하공이었다.

놀란 송야은이 다시 확인했다.

"그럼… 위지세가 네 아들 내외를 죽인 범인이란 말이냐?"

"너는 내가 만든 기병이 돈 주고 사고팔 수 있는 물건이라고 생각하느냐?"

"그, 그게 절대신병이었어?"

"돈 따위가 목적이었던 놈들이 아들 부부와 손자를 인질로 잡고 나를 협박해?"

"……?"

고개를 젓지 않았지만 부정할 수 없는 말이었고 송야은은 충격에 말을 잃었다.

"아느냐? 무공하곤 아무 상관도 없는 그 아이들만을 위한 검이었다. 뽑아 쳐들기만 해도 뇌전(雷電)을 부르는 검! 혹시나 모를 상황에 대처해 목숨만이라도 부지하라고 만들어준 원앙벽력검(鴛鴦霹靂劍)! 크흐흑!"

송야은이 조심스레 물었다.

"어, 어쩔 생각이냐?"

"내놓아라!"

송야은의 손에서 술병을 빼앗아 다시 입으로 가져가는 사하공.

송야은은 말리지 못했다. 지금 심정을 충분히 헤아릴 수 있기에 마시는 술을 말릴 수가 없었다.

정말 위지세가의 소행이라면 엄두가 나지 않은 상대인 것이다. 지금도 뭘 어쩌지 못하는 그가 어찌 복수 따윌 꿈꿀 수 있겠는가. 괴로울 것이다. 평생 죽은 자식을 가슴에 품고 살아온 그가 지금의 괴로움을 무엇으로 감당할 수 있으랴.

송야은도 술병 하나를 조용히 끌어당겨 입으로 가져갔다.

*　　　*　　　*

"술 가져와! 술! 더 가져오란 말이다!"

밤이 깊었건만 사하공의 취기에 쩐 고함 소린 여전했다.

달빛도 무거운 밤. 뒤뜰 돌담에 걸터앉은 채 꿈쩍도 않고 있는 외수에게 시시가 걱정스런 얼굴로 방에서 내려왔다.

"공자님, 이제 그만 올라가 쉬셔야죠."

"시시!"

"네, 공자님!"

"사하공에 대해서 아는 것 있어?"

"아니요. 그냥… 과거에 수난을 피해 세상으로부터 사라졌고, 아무도 그의 은거지를 몰랐다는 것밖엔… 그분이 세가에 계실 줄은……."

"음……."

팔짱을 낀 자세를 유지하며 고개를 떨어뜨리는 외수.

그때 송야은의 목소리가 외수의 고개를 다시 들리게 했다.

"내가 대답해 주마!"

사하공 못지않게 취한 듯 비틀비틀 걸어 나오는 송야은. 그러나 내력을 지닌 고수답게 외수를 응시하는 눈만큼은 흔들리지 않았다.

"언제부터 아시던 사이였습니까?"

"반백 년도 더 됐다. 그가 망치를 잡았을 때부터니까."

"그 위지세가 형제들이 가지고 있던 검이 그가 만든 것이었습니까?"

"그렇다."

"무슨 사연입니까?"

송야은이 대답에 앞서 시시부터 올려 보냈다.

"넌 방으로 올라가라."

"네. 그럼!"

시시가 조심스럽게 물러나자 송야은은 돌담에 걸쳐 놓은 외수의 검에 눈을 주며 말했다.

"너는 네 검이 어떤 검인지 알고 있느냐?"

"내 검이요?"

"그래, 그 검! 사하공의 마지막 작품인 그 검!"

"말해주시오."

"그 검은 사하공이 복수를 위해 만든 검이다."

"……?"

"자식과 피붙이 손자를 죽인 놈들을 향한 복수의 열망을 갖고 탄생시킨 검! 알고 있었더냐?"

"모, 몰랐소."

"사하공 평생의 한이 서린 검이다. 검을 완성시키고도 복수를 포기했을 만큼!"

"어째서요?"

"몇 가지 이유가 있다. 첫째는 흉수를 몰랐기 때문이고, 둘째는 검에 대한 탐욕 없이 복수를 해줄 사람을 구하지 못했기 때문이고, 셋째는 자신의 검으로 인해 다시 불어닥칠 혈풍을 두려워한 까닭이다. 만약 그가 이것저것 따지지 않았다면 네가 아니라 다른 누군가의 손에 가 있을 검이지!"

"그 복수의 대상이 위지세가인 거요?"

"……"

말없이 노려보던 송야은이 가만히 고개를 저었다.

"그들이라고 단정할 수 있는 증거는 없다. 단지 아들 내외와 손자가 죽었을 때 강탈당한 검이 아까 그 형제들의 허리에 있었다는 것뿐!"

"……?"

외수의 목에서 억눌린 고통의 신음이 새어 나왔다.

"그랬구려, 그랬어!"

부들부들 떠는 주먹.

묵묵히 외수를 응시하던 송야은이 말을 이었다.

"괴로울 것이다. 나는 지금 그에게 위로가 될 수 없다. 아니, 세상 그 누구도 그에게 위로가 될 수 없다. 위로가 될 수 있는 사람은 오직 한 사람, 그의 마지막 검을 든 사람뿐이다."

"……?"

외수의 동공이 주체하지 못하고 흔들렸다.

"위로를 부탁한다. 말로만이라도."

휘청대는 몸짓으로 돌아서는 송야은.

그가 객잔으로 들어가고 난 뒤에서 외수는 한동안 움직이지 못했다.

이미 자정이 가까워지고 있었다.

무겁게 짓눌린 달빛 아래 고개를 떨구고 있던 외수는 문득 술이 필요하단 생각을 했고, 비로소 돌담에서 엉덩이를 떼고 일어났다.

성큼성큼 객잔으로 들어가는 외수.

겨우 흐릿한 등불 하나만 켜져 있는 객잔 실내에 독한 주향(酒香)이 코를 찔렀다.

외수는 엎어져 있는 사하공의 탁자로 가 물끄러미 그를 내려다보았다.

아직도 움켜쥐고 있는 술병. 아직도 마르지 않은 늙은 눈가의 눈물.

외수는 자신의 검을 술병이 뒹구는 탁자에 올려놓고 주저 없이 사하공이 쥔 술병을 빼앗아 들었다.

벌컥벌컥!

목이 탄 사람이 물을 마시 듯했다.

"뭐냐, 내 술! 내 술 내놔!"

허우적대며 고개를 드는 사하공.

"아직 안 죽었소?"

"네놈?"

"그래, 나요! 이 검 도로 가져가시오!"

무극검을 확 밀쳐 놓는 외수.

"뭬야?"

"귀찮아서 못 갖겠소. 검 한 자루에 뭔 사연이 그리 많소."

"치워라, 이놈!"

와장창! 파삭!

사하공이 거칠게 탁자를 쓸어버리는 바람에 검과 같이 술병들이 떨어져 요란한 소리를 내며 부서졌다.

그래도 외수는 눈 하나 깜짝 않았다.

"소용없소. 영감 눈물 콧물 쥐어짜는 것도 보기 싫고, 난 안 할라요. 다른 사람 주시오! 어차피 난 악마가 될 놈, 재앙을 부를 놈이라면서요. 내 손에 있으면 눈앞에 걸리는 놈들 이놈저놈 안 가리고 다 쓸어버릴 거요. 그러니 그러지 않을 착한 놈 찾아서 주시오!"

"크흐흐흑, 더러운 놈! 간악한 놈! 크흐흑, 흑흑!"

"......."

오열하는 사하공.

한동안 내려 보며 방치하던 외수가 퉁명스럽게 자극을 이어갔다.

"뭐 굳이 어쩔 수 없어서 내 손에 맡기겠다면, 앞으로 군자의 검이니 대나무가 어떻다느니 그만 소린 하지 마시오. 애초에 내게 맞지도 않는 말일뿐더러 그럴 생각도 없소."

오열하던 사하공이 버럭 악을 썼다.

"더러운 놈! 그래, 다 쓸어버려라! 이 더러운 세상 네 맘대로 다 쓸어버려! 으헝엉, 헝헝헝!"

울부짖는 사하공.

"그만 우시오. 그 아픔, 다 씻어버리면 될 것 아니오."

"흐흑흑, 흑흑. 이놈!"

"......."

"내 원한을 풀어주겠느냐?"

"다 씻어버린다 하지 않았소."

"그래, 다 씻어다오. 내 가슴에 맺힌 한! 갚아다오. 놈들에게 하나도 남김없이 고스란히 다 돌려다오."

"약속하오. 반드시 그러겠소. 하지만, 우선 좀 주무시오. 당신이 바라는 일이 생각보다 빨리 시작될 것 같으니."

손을 들어 올린 외수가 느닷없이 사하공의 목덜미를 가볍게 내려쳤다.

툭!

조용해진 객잔. 의식을 잃고 탁자에 엎어진 사하공의 힘없는 숨소리만 이어질 뿐이었다.

외수는 탁자에 엉덩이를 걸치며 손에 든 술병을 다시 입으로 가져갔다.

"재미있군. 바로 등장하다니."

남은 술을 기울이는 외수의 이목이 어둠에 묻힌 바깥을 향해 날카롭게 뻗어 있었다.

"삼십 명쯤 되는 모양이군. 아니, 더 많은가? 포착 안 되는 놈도 있을 테니."

혼자 중얼거리는 외수. 결국 다 비운 술병을 내려놓고 허리를 굽혀 바닥의 검을 주워 들었다.

"흠!"

눈까지 감고 바깥의 움직임들이 등장하길 기다리는 외수.

이윽고 번쩍이는 도검들을 앞세우고 시커먼 인영들이 스멀스멀 객잔으로 기어들기 시작하자 외수가 다시 눈을 떴다.

"참 힘들게 기어들어 오는군. 어서 와! 살수 흉내가 어설프군. 급조하느라 힘들었겠어. 위지세가겠지?"

외수의 말에 인영들이 움찔했다. 빠져나갈 구멍이라곤 없는 포위 상태 속 조금의 동요도 없는 상대. 그럴 만했다.

외수가 다시 뇌까렸다.

"나를 목적으로 온 것이냐, 아니면 사하공을 목적으로 온 것이냐?"

눈 빼곤 다 시커멓게 가린 인간들이 자기들끼리 쳐다보며 당황하는 빛을 보였다.

"너희들끼리 눈치 볼 것 없어! 어차피 오늘 이 자리에서 다 뒈질 테니까! 그러니 숨길 필요도 없는 거야. 어차피 대놓고 온 너희들이잖아. 우리가 여기 있다는 걸 아는 인간은 여기서 나간 위지세가 일행들뿐이니 말이야."

서늘한 기운이 흐르는 실내. 번뜩이는 안광. 서른 명이 넘는 인간이 한 사람의 기운에 압도된 채 짓눌리고 있었다.

"그래, 누굴 먼저 죽이라더냐? 내가 목적이면 극월세가를 노리는 놈들일 테고, 사하공이 우선이면 그의 아들과 손자를 죽인 흉수들일 테지. 어느 쪽이야?"

"……"

완벽한 공포. 내뱉는 말도 걸터앉은 자세도 숨조차 쉬지 못하게 하는 공포였다.

"하긴, 그냥 모조리 죽여 버리라고 했을 수도 있겠군. 부상 중이니까 어렵지 않을 거라고도 했겠지?"

쓰르르릉!

외수가 검을 천천히 뽑아냈다.

"대답을 않는군. 아무래도 좋아. 어차피 다 나온 답이니까. 어느 쪽인지는 조금만 조사해 보면 되는 일! 문제는 너희들 중 한 놈이 내 말을 전했으면 좋겠는데 지금 내 마음이 단 한 명도 살려주고 싶지 않을 만큼 들끓고 있다는 것이야! 모조리, 한 놈도 남김없이 죽여주마!"

번쩍. 이를 갈며 째려보는 외수의 눈이 혈광(血光)을 발한 듯했다.

아래로 늘어뜨린 검을 타고 흐르는 시퍼런 서슬. 이윽고 외수가 앞으로 움직였다.

"쳐!"

누군가의 외침에 시커먼 인영들이 일제히 쏟아져 들어왔다.

콰앙! 콱! 쾅쾅! 쿠당탕! 쾅쾅!

난무하는 도검들. 싸움에서 날 수 있는 온갖 소리들이 어지러이 뒤섞였다.

누가 누구를 공격하고 누구의 도검인지도 모를 만큼 뒤엉킨 싸움. 그 속에 비명들이 터져 나왔다.

"끄아악! 끄아아아악!"

"크헉!"

소름이 돋을 만큼 끔찍한 비명들. 퍼붓듯 사방으로 피가 쏟아지고 육신의 일부가 수도 없이 허공을 날아다녔다.

객잔 전체가 들썩였다. 위층 객방에 잠들어 있던 이들이 모두 놀란 아우성이었지만 그 소리조차 들리지 않을 정도였다.

"누구야? 무슨 일이야?"

가장 먼저 달려 내려온 건 송야은이었다. 그 뒤로 빙궁의 세 여인이 문을 박차고 나와 계단으로 달려 내려왔다.

하지만 그들은 움직일 수 없었다. 눈앞에 펼쳐진 참혹한 지옥도에 몸도 정신도 얼어붙어 버릴 수밖에 없었다.

싸움에 관여할 수도 없을 만큼 무시무시한 광경. 송야은이 탁자에 엎어진 사하공을 확인하고 그를 지키려 다가갔지만 눈은 궁외수에게서 떨어지질 않았다.

도륙이고 학살이었다.

야차(夜叉)나 전귀(戰鬼)가 싸운다면 이럴까. 성난 맹수 같은 움직임에 일말의 자비라곤 없이 상대 육신을 찢어발기는 살귀(殺鬼).

바닥에 뒹구는 무수한 육신의 조각들. 또 그만큼 질펀한 피.

"크악!"

"아아악!"

배가 갈라지고 내장이 쏟아지고. 그 용서가 없는 참혹한 도류은 객잔 밖으로까지 이어졌다.

"공자님?"

시시가 뛰어 내려왔다.

코를 찌르는 피 냄새. 발 디딜 곳 없는 시체들. 그래도 시시는 바깥을 향해 달렸다.

시시가 밖으로 나섰을 때 더 이상의 비명은 들리지 않았다.

눈에 보이는 것은 온통 피와 시체뿐이었다. 부서진 문간에도, 몇 개 되지 않는 계단에도, 그 수가 얼마인지 모를 만큼 온전한 형태가 없는 시체들만 무수히 널려 있었다.

그런 시체들을 뒤로 하고 마당에 우뚝 선 외수. 도주하는 마지막 적까지 베어버린 그가 피를 뒤집어쓴 시뻘건 몸뚱이로 우뚝 선 채 꿈쩍도 않고 있었다.

"공… 자님?"

불안에 떠는 시시의 목소리.

그제야 외수가 슬쩍 고개를 돌렸다.

머리카락을 타고 뚝뚝 떨어지는 핏물.

외수는 그대로 마당 구석 우물 쪽으로 가 커다란 물통의 물
을 떠 머리 위에 들이부었다.

촤아아, 촤아!

몇 번이고 거듭해서 머리부터 발끝까지 물을 퍼붓는 외수.
그래도 피가 씻기지 않자 외수는 상의를 아예 벗어버렸다.

그가 무사한 걸 확인한 시시가 곧바로 객방으로 뒤돌아 달
렸다. 수건과 옷을 가져오기 위해서였다.

그때 안쪽으로부터 비명이 들렸다.

"으아아악!"

점소이와 같이 달려 나온 객점 주인이 내지른 비명이었다.
부서지고 깨진 객잔은 고사하고 너무도 끔찍한 광경에 질색
을 한 것이다.

"주인장, 치울 사람들도 부르도록 하게. 비용은 우리가 주
겠네. 관부에도 연락하고."

송야은이 주인을 진정시키고 마당으로 향했다.

계속 물을 뒤집어쓰고 있는 궁외수. 물통의 물이 바닥나자
그는 직접 우물의 물을 길어 뒤집어썼다.

"극월세가를 노린 살수들이냐?"

송야은의 물음에 외수가 돌아보지 않고 대답했다.

"살수들이 아니오."

"그럼 위지세가?"

"……"

외수는 대답하지 않았다. 말하지 않아도 빤한 일. 송야은 도 더 묻지 않았다.

아예 행낭째 챙겨 내려온 시시가 외수의 손에서 두레박을 빼앗아 직접 물을 길어 물통에 채워주었다.

그러고 있을 때 빙궁의 여인들도 피 냄새를 피해 밖으로 나와 외수를 지켜보았다.

"시시, 반야는?"

문득 생각이 났는지 돌아보는 외수.

"아, 방에 그대로 계세요. 제가 모시고 내려올게요."

시시가 다시 객방으로 가려하자 그녀의 발과 치맛단을 본 외수가 제지했다.

"내가 가지. 씻고 있어!"

그제야 핏물로 범벅인 자신의 다리를 내려다보는 시시.

외수가 바가지를 물통에 던지고 객방으로 향했다.

"반야!!"

"공자님……."

흐트러짐 없는 자세로 침대에 조용히 걸터앉아 있는 반야였다. 무섭지 않았다는 듯.

하지만 외수가 나타나자 그녀의 눈망울은 곧 울먹일 듯 심하게 흔들렸다. 어찌 무섭고 두렵지 않았을까. 그 같은 비명이 난무했는데.

"내려가자!"

두 팔로 반야를 달랑 안아 드는 외수.

"다쳤어요? 몸에서 피 냄새가……?"

"아니! 괜찮아! 그보다 혼자 무섭지 않았어?"

"아뇨. 보이는 게 있어야 무섭죠."

"후훗, 그런가?"

반야를 안고 내려온 외수는 그녀를 우물가에 앉혀놓고 다시 몸을 씻었다. 그런 후 시시가 상처를 손봤다.

"운이 좋았어요. 원래 상처 말곤 크게 다친 곳이 없네요."

"……?"

시시의 말에 돌아본 외수가 그녀를 물끄러미 내려다보았다. 눈에 맺히는 눈물을 본 것이다.

놀라고 걱정되는 마음. 싸움이 있을 때마다 졸이는 가슴.

지금까지 단 한 번도 그러한 시시의 마음을 들여다본 적이 없는 외수였다.

처음에 시녀로서 극월세가를 위해, 그리고 주인인 편가연을 위해서라고 생각했던 것과는 다른 눈물이었다. 지금 흘리는 눈물 속에 극월세가보다, 편가연보다 더 우선한 자신이 보였다.

"시시!"

"네?"

바쁘게 손을 놀려야 한다는 듯 일부러 눈을 마주하지 않고 대답만 하는 시시.

"내가 먼저지?"

"네?"

무슨 말인지 알아듣지 못해 그제야 동그란 눈을 하고 올려다보는 시시.

그런 그녀에게 외수는 빙긋이 웃기만 했다.

第五章

사전 준비

내가 같은 편까진 아니라도 그의 적이 아니라는 점에 우선 감사한다.

—귀살문 소혼사 비령

철그렁 철그렁.

손과 발은 물론이고 온몸이 굵은 쇠사슬에 묶인 자가 몇몇 무인들에 의해 질질 끌려 일월천 신임 교주의 전각인 정천각(頂天閣)으로 들어가고 있었다.

좌우로 도열한 무인들. 전각을 수호하기 위해 배치된 호교밀령들이 지켜보는 시선 속에 끌려 들어온 자가 교주 단상 앞에 나동그라졌다.

"교주, 대령했사옵니다."

그동안 일월천 최고위급 대역죄수들만 수감하는 무간 뇌옥에 갇혀 있던 흑혈교 출신 벽사우였다.

"풀어줘라!"

태사의에 다리를 꼬고 앉아 지그시 내려다보던 교주 궁뇌천의 말에 무장 하나가 벽사우의 몸에서 쇠사슬을 제거했다.

"벽사우!"

무간 뇌옥의 현실을 온몸으로 겪은 듯 형편없는 몰골을 한 벽사우가 고개를 들어 권좌를 올려다보았다.

"흠, 제법 고생스러웠던 모양이군. 많이 상했어."

"멀쩡하오! 날 살려두신 이유가 뭐요?"

"내 맘이다, 짜식아!"

"……?"

"내가 살리고 싶으면 살리고 말고 싶으면 마는 거지, 네깟놈이 감히 궁금해하고 지랄이냐."

"……."

전혀 교주답지 않은 말투에 벽사우가 당황했다.

"그래서? 살아 있어서 불만이냐? 지금이라도 죽여줘?"

"아니오, 교주!"

"어쭈? 이 새끼가 어디서 대가리 빳빳이 쳐들고 대꾸질이야. 대가리 안 처박아?"

"……?"

고개를 꺾는 벽사우.

"좋아, 맘에 드는 자세군. 벽사우!"

"말씀하시오, 교주!"

"흑혈에 너 같은 놈 또 있다고 들었다. 이름 대봐!"

"옛?"

"이 새끼가 왜 모른 척이야? 너 같은 놈 많을 거 아냐. 그중 한 놈만 대보라니까!"

"흐, 흑사신(黑死神) 역수(易帥)……?"

뭘 묻는 건지 알지도 못하는 상태에서 벽사우는 가까운 벗의 이름을 대고 보았다.

궁뇌천이 즉시 늘어선 자들에게 명령을 내렸다.

"불러와! 일 각 내에!"

어리둥절한 벽사우였다. 도대체 뭘 원하는 것인지.

그때 궁뇌천이 뭔가를 벽사우 앞에다 던졌다.

텅그렁!

크고 긴 칼 한 자루. 벽사우는 눈앞에 떨어진 그것이 자신의 칼이라는 것을 확인할 수 있었다.

"네놈 칼이지?"

"그, 그렇소."

"내가 왜 네놈에게 네 칼을 돌려주는지 아느냐?"

"혹, 시킬 일이 있으신 것이오?"

"흐흣, 눈치 빠른 놈! 맞았다. 네놈에게 시킬 일이 있다."

"무슨 일입니까?"

"시키면 할 테냐?"

"……"

궁뇌천이 가만있는 벽사우의 대답을 기다리지 않고 오른쪽 벽을 향해 다른 자의 이름을 불렀다.

"풍미림!"

대답도 움직임도 없는 오른쪽 벽 뒤 공간.

궁뇌천의 얼굴이 일그러졌다.

"이것이 또 어딜 간 거야? 야, 풍미림!"

재차 호명을 하는 궁뇌천.

잠시 후 허겁지겁 귀영천사 풍미림이 들어섰다.

쌍심지를 치켜세우고 노려보는 궁뇌천.

"죄송해요, 교주! 기다리다 그만 소피가 마려워서!"

"뭐야? 너 저번엔 화장하느라 늦었다며? 아무래도 고의성이 너무 짙어. 낯짝에 분 찍어 바르느라 감히 교주 호출에 늦는다는 게 말이 돼? 너 지금 일부러 나 엿 먹으라고 머리 쓰는 거지?"

"어머머, 아니에요. 소피는 어쩔 수 없는 것이고, 여자에게 화장이 얼마나 중요한지 아시잖아요. 화장이란 게 하다 보면 자기도취로 인해 시간을 깜빡 잊기도 한다구요. 그리고 이번에도 순전히 생리적 현상으로……."

"시끄러! 앞으로 한 번만 더 그따위 말도 안 되는 핑계로 내 부름에 늦을 시엔 아가리든 가랑이든 다 찢어버릴 테니까 그리 알아!"

"헉? 그런 말씀을? 어떻게 여인에게 그런 끔찍한 말씀을,

흑흑! 교주님이 너무 잔인해서 슬퍼요. 흐흑!"

"지랄한다. 지금 네가 내 앞에서 눈물 연기를 하겠다는 것이냐? 당장 치우지 못해!"

뚝.

고함에 놀란 풍미림이 입술을 퉁퉁 불린 채 쭈뼛거렸다.

그러고 있는 사이 잠시 후 시커먼 인영 하나가 굉장한 신법으로 날아 들어와 벽사우 옆에 부복했다.

"교주, 부르셨습니까!"

"음, 너도 처음 보는 놈이군."

날아들던 움직임을 눈여겨본 궁뇌천이 조금 특별한 그의 행색을 훑었다. 무척 큰 키인데 비쩍 마른 몸.

"네놈은 굶고 살았냐? 왜 피죽도 못 먹고 산 몰골이냐?"

"제가 익힌 무공 때문입니다, 경공(輕功)과 경신(輕身)에 치중한 공력을 쌓다 보니……."

"그래? 그것참 특이하군. 어쨌든 셋 다 한군데로 모여 서라! 고개 돌리기 귀찮으니까!"

즉시 벽사우와 흑사신 역수가 일어나고 귀영천사 풍미림이 쭈뼛대며 붙어 섰다.

"받아라!"

휙! 휙! 휙!

정확히 세 사람을 향해 날아오는 세 개의 물체.

하얀 옥패(玉牌)였다.

흰색의 패찰. 그것이 무엇을 뜻하는지 알기에 세 사람은 경악을 한 상태로 패찰 내용을 확인했다.

대일월천 호법천왕(護法天王)!

반짝반짝 까만 글씨로 선명하게 박힌 글자.

"교, 교주?"

"어머? 이걸 제게 주시는 거예요?"

"그렇다. 이 시간부로 너희 셋을 본교의 호법천왕들로 추가 임명한다."

"어머! 어머!"

경색을 한 벽사우와 역수와는 달리 풍미림이 좋아서 패찰을 들고 아이처럼 폴짝폴짝 뛰기까지 했다.

왜 아니 그럴까. 호법은 교주와 부교주 아래 만인지상(萬人之上)의 직위인데.

각 부의 수장들처럼 직속 부하를 거느리는 건 아니지만 그들 모두를 아래에 두는 위치이고 교주 유고 시 그 권한까지 대신 행사할 수 있는 막강한 자리.

"사왕 오라버니, 아니 교주 오라버니! 이거 진짜 저 준 거예요. 줬다 뺏기 없는 거예요."

귀영천사 풍미림이 그녀만의 필살기인 애교를 온몸으로 떨어댔다.

"시끄럽고, 그에 맞는 일과 행동을 못하면 당연히 직위 해제나 박탈이다."

벽사우가 엄두가 나지 않는단 듯 소릴 질렀다.

"교주, 과분하오!"

졸지에 불려와 천왕 패찰을 받은 역수도 마찬가지였다.

"이 새끼가 감히 내 판단과 결정에 또 토를 달아?"

"죄, 죄송하오."

"네놈들이 그 직위에 맞는지 아닌지는 내가 판단한다. 지금부터 너희들은 일월천을 떠나 중원으로 간다."

"어머, 어머!"

또다시 손뼉까지 쳐대며 좋아하는 풍미림.

"놀러 가란 게 아니다, 이년아! 이게 어디서! 거기 가서 내 아들을 지켜보고 일거수일투족을 내게 보고해!"

궁뇌천에게 아들이 있다는 사실이 금시초문인 벽사우가 의아해했다.

"소교주께서 계신단 말이오? 그것도 중원에?"

"그렇다. 가서 그놈이 무슨 짓을 하든 관여하지 말고, 뭘 하는지 어떤 재앙을 일으키는지 그것만 확인하고 보고해!"

"......?"

이해할 수 없어 멀뚱한 세 사람. 하지만 명은 일단 받고 봐야 했다.

"존명!"

"좋아, 가봐!"

　　　　　*　　　　*　　　　*

　쏴아아아…….

　심야의 어둠에 잠긴 극월세가. 모처럼 내리는 비가 내려앉은 어둠을 더욱 무겁게 가라앉히고 있었다.

　천하에서 가장 거대한 상가. 하루 수백 명씩 돌아가며 안팎으로 경계 근무를 서는 곳.

　오늘처럼 이렇게 궂은 날이면 더욱 경계에 날을 세워야 하는 곳.

　그곳에 비와 야음(夜陰)이란 호조건을 타고 검은 무복의 인영들이 빗물처럼 스며들고 있었다.

　몸에 바짝 밀착시켜 멘 칼. 그 칼끝마저 어딘가에 걸려 소리 나지 않게 한손으로 움켜쥐고 민첩하면서도 은밀하게 움직이는 자들. 틀림없이 자객이었다.

　외성의 성곽을 넘고, 어둠이 짙은 건물 벽이나 기둥, 화단의 수풀 속을 기는 세 개의 그림자.

　그들이 향하는 곳은 명확했다. 내원의 성벽이 나타나자 세 인영은 각자 흩어졌고 독자적 움직임을 이어갔다.

　외성보다 더 심한 경계가 이루어지는 곳. 그러나 광활하긴 마찬가지라는 듯 자객들은 경계자들이 있는 곳을 교묘하게 피해 극월세가 구중심처(九重深處)로 향했다.

　갈수록 고정 경계자들과 순찰자들이 더 많이 보였지만 자객들은 놀라울 만큼 대단한 은신술과 기민한 동작으로 아주 서서히 내원의 성채로 접근해 가고 있었다.

대회의장인 영월관을 지나고, 비로소 눈앞에 극월세가 가장 은밀한 곳이 드러났을 때 각자 따로 운신 중인 세 명의 자객은 한동안 꼼짝 않고 성채 안팎의 경계 상황을 주시했다.

화단의 작은 나무넝쿨 밑에 엎드린 자, 연못가 바위들 사이 웅크린 자, 그리고 대범하게도 경계자들이 규칙적으로 오가는 앞마당 조형물 밑에 은신한 자도 있었다.

나무넝쿨, 바위, 조형물인 양 완벽히 기식(氣息)을 숨기고 빈틈을 확인하던 자객들은 어느 순간 빠르게 그 빈틈을 이용해 성채로 스며들었다.

그런데 그들이 향하는 곳이 기존 편가연의 방이 아니었다.

알았던 걸까? 편가연이 자객에 대비해 다른 방들을 돌아가며 사용하고 있다는 것을?

세 명은 마치 편가연이 어디에 있는지 알고 있다는 듯, 한곳으로 움직였다.

이 층 복도 끝의 구석진 방.

세 명의 자객들이 슬그머니 창을 열고 컴컴한 방 안으로 들어섰다.

그때, 세 사람 모두 바닥에 발을 딛는 서는 순간 뜻밖에도 방 안의 불이 켜졌다.

빗물을 떨어뜨리며 창문 앞에 선 세 명의 자객. 칼도 뽑지 않았고 태연한 그들이었다.

"어서 오세요."

"너무 허술하군."

누군가의 인사를 받으며 젖은 복면을 벗는 자객들. 그들의 눈이 인사를 한 여인을 제쳐 두고 방 안의 다른 이들을 훑었다.

궁외수를 비롯한 그 외의 인물들.

"어서 오세요. 고생들 하셨습니다."

외수와 나란히 앉았던 편가연이 일어나 정중히 세 사람을 맞이했다.

먼저 그들을 마주했던 곽영지가 소개를 했다.

"저희 귀살문의 숙부님들이세요. 말씀드린 대로 특급살수들이죠."

편가연이 시녀 사월이를 재촉했다.

"얼른 수건부터 드려! 이쪽으로 오세요."

소혼사 비령, 무적풍 위호, 비살 교적산 세 사람이 건네받은 수건으로 대충 물기를 닦으며 다가서자 시시가 준비했던 차를 따르며 뜨거운 김을 피워 올렸다.

"많이 허술했소?"

외수의 물음에 쳐다보는 세 사람. 그들은 자신들을 응시하고 있는 송일비와 조비연까지 쓸어보고 난 다음 대답했다.

"인원만 많고 맥을 놓치고 있다. 경계 서는 위치만 조금 변

경해 줘도 훨씬 더 효율적인 감시를 할 수 있다."

"역시!"

외수가 고개를 주억거렸다.

"내일 직접 뜯어고쳐 주시길 바라오."

"그러지!"

대화가 끝나자 편가연이 재차 인사를 했다.

"이렇게 와주셔서 감사드립니다. 편가연입니다."

가장 연장자인 소혼사 비령이 예의를 갖춰 응대했다.

"편 가주, 오히려 우리가 해야 할 인사 같소. 최선을 다해 보리다."

"감사합니다. 그런데 몇 분 더 계신다고 들었는데 그분들을 어디……?"

"조사를 위해 따로 움직이고 있는 중이오. 끝나야 올 수 있을 것이오."

"아, 그렇군요. 앞으로 궁 공자님께 많은 도움 주시길 바랍니다. 저희도 머무시는 동안 불편함이 없도록 최선을 다하겠습니다."

천하제일상가 극월세가의 주인이면서 권위 아닌 품위를 가진 편가연을 보면서 귀살문 특급살수 세 사람은 내심 감탄을 금치 않았다.

솔직히 도움을 받는 쪽은 자신들이었다. 같이 얽힌 부분이 있지 않았다면 누가 몰락한 살수조직을 불러주겠는가. 그것도 거금을 쥐어주면서. 그럼에도 오히려 먼저 적극적인 자세를 보여주는 그녀가 세 사람은 그저 고마울 따름이었다.

뒤쪽에 조비연과 서 있던 송일비가 웃으며 나섰다.

"절묘한 생각인데? 자객으로 자객을 막는다. 어떻게 그런 걸 생각했지? 덕분에 귀찮은 일이 줄게 생겼네. 하하, 하하하!"

뜬금없이 평소보다 넘치게 좋아하는 그를 외수가 슬그머니 째려보았다.

아니나 다를까, 그의 눈은 시시를 힐끔대고 있었다.

그녀를 쫓아다닐 시간이 많아졌다는 것, 그리고 곽영지와 북해 빙궁의 빙녀들까지 등장하는 바람에 며칠 전부터 완전히 물 만난 듯한 표정을 흘리고 다니는 그였다.

그뿐인가. 편가연과 조비연까지 있으니 천상의 꽃밭에 뒹구는 것처럼 비로소 자신에게 딱 맞는 세상이 도래했다고 생각하고 있을지도 몰랐다.

외수는 픽 웃었다. 저렇게 대놓고 좋은 걸 표현할 수 있는 성격이 되레 순수해 보이기도 해서였다.

'부럽군. 뻔뻔한 녀석! 후훗!'

*   *   *

다음 날.

아침 이른 시간에 편가연과 궁외수, 그리고 시시와 송일비가 나란히 외원으로 향하고 있었다.

외수가 죽림의 사하공에게 간다고 하자 편가연이 쫓아 나선 것이었고, 송일비 역시 아버지 송야은을 핑계로 시시를 따라나선 것이었다.

오직 네 사람. 많이 바뀐 편가연이었다. 이젠 궁외수만 옆에 있으면 세가 내에선 아주 편안하고 자유롭게 활보하는 그녀였다.

"마음에 들어 하실까요?"

편가연의 물음에 외수는 그녀가 뭘 묻는지 바로 알아듣고 대답했다.

"글쎄. 잘 복구했잖아. 집도 새로 짓고."

"그랬으면 좋겠군요. 제 죄가 커요. 그런 분이 계시는데 모르고 있었다니."

"아버지가 말 안 해줬다며. 그런 걸 어쩌겠어."

"그런데 공자님, 부탁… 드릴 게 있어요."

갑자기 멈춰 서는 편가연. 외수도 왜 그러나 싶어 멈춰 섰다.

"뭔데?"

"저기… 조금만 천천히 걸으시면 안 될까요?"

"뭐?"

"저는 빨리 걷는 데 익숙지 않아서 공자님 걸음을 쫓아가

기가……."

물끄러미 쳐다보는 외수.

시시가 거들고 나섰다.

"그래요, 공자님! 너무 빨라요. 좀 천천히 걸으세요!"

외수가 쌍심지를 치켜세우며 인상을 일그러뜨렸다.

"싫어!"

버럭 소릴 지른 외수가 오히려 더 빠른 걸음으로 성큼성큼
앞서갔다.

"난 오늘 바쁜 사람이야. 너희끼리 뒤에 천천히 와!"

"……?"

시시도 편가연도 당황한 표정이었다. 송일비도 당황하긴
마찬가지였다. 이해 못 하겠단 얼굴.

그때 외수가 걸음을 멈추고 슬그머니 돌아보았다.

"흐흐, 장난이야!"

"공자님?"

놀라 상기된 얼굴의 편가연.

"미안해! 생각 못 했어! 앞으론 주의할게!"

뒷머리를 긁적이는 외수다. 정말 그 자신은 편가연에 대한
생각이나 배려를 한 적이 없었기 때문이다. 그동안 꽤 오래
같이 있었지만 단 한 번도 그녀의 위상, 그녀의 품격과 품위
에 어울리는 행동을 머릿속에 두지 못했다.

지금처럼 많은 사람들이 인사를 하고 지켜보는 곳. 종종걸

음으로 바쁘게 쫓아 걸어야 했을 그녀에겐 가주로서 얼마나 모양 빠지는 일이었을까.

특히 송일비나 조비연, 곽영지와 귀살문 식구들 등 외부 사람들이 있는 자리에서도 전혀 그녀를 생각하지 않았었다.

외수는 진심으로 미안해하며 걸어오는 그녀를 기다렸다. 가볍지도 무겁지도 않은 발걸음. 바람과 나란히 흐르는 것 같은 우아하고 차분한 걸음걸이.

손을 앞뒤로 흔들지도 않는 그녀였다. 언제나 한 손을 배 앞에 붙이고 있거나 아예 두 손을 모아 가만히 내려 쥐고 걷는 자세.

"고마워요."

"뭘. 내가 너무 무뎠던 거지. 미안!"

외수는 정말 미안하고 쑥스러워서 죽림에 이르는 동안 딴 청만 피웠다.

무림삼성과의 싸움으로 초토화가 되었던 죽림은 깨끗하게 손질이 된 상태였다. 많은 대나무가 못쓰게 되어 잘라냈지만 죽림의 인상은 여전했다. 단지 울창한 죽림에 덮여 있던 안쪽 공간이 휑하니 넓어진 것 때문에 아늑함이 사라졌다는 것뿐.

"영감!"

외수는 마당에 나와 앉아 있는 사하공을 보고 그를 불렀다.

"……."

탁자에 엎드려 팔에 얼굴을 묻고 있던 사하공이 눈만 들어 슬쩍 쳐다보곤 외면하듯 다시 엎드렸다.

외수가 씩 웃곤 성큼성큼 다가가 들고 온 것을 탁자 위에 걸칠게 올려놓곤 마주앉았다.

"왜 나와 있는 거요. 새 집이 맘에 안 드시오? 더 크고 넓어 졌잖소."

"왜 온 거냐?"

외수가 올려놓은 것을 밀어놓으며 웃었다.

"후후, 뭔지 맞춰보시오."

꽤 크고 잘 만든 항아리. 보지 않는다고 해도 그것이 술 단 지라는 것을 사하공이 모를 리 없다.

"뭐냐, 또 떼쓸 게 있느냐?"

"아니오. 그냥 좋은 술 드시라고 가져온 거요. 거금을 털어 산 비싼 술이니 이번엔 조금씩 아껴서 드시오. 한 번 맛보시 겠소?"

외수가 대답을 기다리지 않고 탁자 한쪽에 있는 사발을 끌 어다놓고 술 단지를 개봉했다.

콸콸. 잔을 채우는 외수.

짙고 향긋한 주향(酒香)이 금세 사방으로 퍼졌다. 술을 못 하는 사람이 맡아도 빠져들 만큼 매혹적인 향기.

외수가 괴로워하고 있을 사하공을 위해 특별히 고른 술이었다.

어쩔 수 없이 사하공이 무척 피곤해 보이는 얼굴을 들었
다.

벌컥벌컥.

목이 탄다는 듯 물처럼 시원하게 잔을 비워 버리는 사하공.

"그것으론 기별도 안 갈 테니 한 잔 더 하시오."

외수가 다시 단지를 들어 술을 따르려 하자 사하공이 바로
술 단지를 낚아챘다.

"됐다!"

직접 단지를 기울여 술을 따르는 사하공. 그는 주저 없이
또 한 잔을 비우고 연이어 서너 잔을 비웠다.

외수는 그런 그를 말리지 않고 말없이 지켜보았다.

"너도 한잔할 테냐?"

"주시겠소? 어쩐 일이오?"

외수가 냉큼 사발 하나를 집어 단지 앞에 가져다 대었다.

"고연 놈!"

살짝 흘긴 사하공이 술 단지를 기울였다.

콸콸.

가득 채워진 잔. 외수는 한 치의 망설임도 없이 잔을 비웠
다.

"캬! 내가 골랐지만 정말 죽이네."

"지랄한다."

"히히, 흐흐흐!"

묵묵히 다시 자기 잔에 술을 채워가는 사하공.

외수는 아무래도 오늘 중에 술 단지를 비워 버릴 것 같단 생각을 했다.

"영감."

"왜?"

"아무 생각 말고 믿고 기다려 주시오."

"……."

물끄러미 쳐다보는 사하공. 하지만 아무런 대답도 하지 못하고 다시 술잔만 기울였다.

"그런데 송 문주께선 어디 가셨소?"

"날 왜 찾는 거냐? 아침부터."

외수가 둘러보는 그때, 송야은이 집 뒤쪽에서 걸어오고 있었다. 아마도 죽림을 돌아본 듯했다.

"저보다 아드님이 볼일 있는 것 같습니다만."

송야은의 눈이 송일비에게로 삐딱하게 꺾여 돌아갔다.

"아버지!"

송일비는 모처럼 보는 아버지에게 나름 반가움을 표시했다.

하지만 송야은은 콧방귀부터 시작했다.

"흥, 누구시더라. 혹시 뒷집 앵월이 상대로 숫총각 딱지 떼자마자 독립을 외치며 집을 나갔던 그분 아니신가?"

"악! 아버지, 왜 날조를 하세요? 그건 앵월이가 날 옭아매려고 유언비어 퍼트린 거라고 말했잖아요."

시시와 편가연을 돌아보며 당황하는 모습을 감추지 못하는 송일비.

"웃기지 마라! 앵월이가 뭐가 모자라서! 그 일 있고나서 무려 석 달 열흘을 울고불고하더라. 식음까지 전폐한 채! 혼자 유언비어 퍼트린 애가 그럴 수 있느냐?"

"아버지!"

"이놈이 어디서 소릴 지르고 난리냐. 연례행사도 아니고 수년에 한 번 얼굴 드밀까 말까 하는 녀석이 뭘 잘했다고."

"흥! 그건 아버지 닮아서 그런 거잖아요. 진짜 수년에 한번씩 얼굴 들이밀던 사람이 누군데. 돌아가신 어머닌 아버지의 얼굴은커녕 남편이 있었는지도 의심스러웠다고 합디다."

"뭐야?"

"제 이런 피는 다 아버지 걸 타고난 것이라고요. 그러니까 저한테 잘났다 못났다 할 입장은 아니라고 감히 말씀드리고 싶네요. 흥!"

"이놈이, 어디서 그동안 말발만 늘어서? 여긴 왜 온 거냐?"

"왜 오긴요. 제가 사는 데 오신 건 아버지십니다? 그럼 외면하고 있습니까? 나중에 무슨 경을 치려고."

오랜만에 만난 듯한데도 기 싸움을 하는 부자간을 보면서 빙그레 웃고만 있던 편가연이 나섰다.

"저희 극월세가를 방문해 주신 비천도문의 문주께 인사 올립니다."

"흠, 네가 바로 그 편장엽의 딸이군."

다소곳한 인사에 여전히 옆으로 드러누운 눈초리로 아래위를 훑는 송야은.

"잘 컸군. 우리 팔난봉 녀석이 꼼짝 않고 묶일 만해!"

"네?"

"조심해라. 애비인 나조차 못 믿는 아주 고단수의 위험한 놈이니까. 정혼자 있다고 안 들이댈 놈이 아니다."

"호호호!"

"아버지?"

온갖 인상을 다 구긴 송일비가 버럭 했다. 시시가 웃음을 참지 못해 입을 가린 채 웃고 있는 모습을 보자 빨개지는 얼굴을 어쩔 수 없었다.

다행히 편가연이 화제를 돌렸다.

"그런데 사하공 어르신도 그렇고, 내원으로 모실 수도 있는데 어찌하여 굳이 여기 머무시는 것인지요? 지금이라도 내원으로 가시죠."

"되었다!"

사하공의 답이었다.

"우리가 내원에 들어가서 무얼 하겠느냐. 있을 자리에 있는 것뿐이니 신경 쓰지 마라. 편장엽 가주가 했던 것처럼 그저 없는 사람처럼 여겨주면 돼."

술 단지를 들고 일어나는 사하공.

외수가 껌벅대며 물었다.

"어디 가려고 그러오?"

"어디긴. 할 줄 아는 게 망치질뿐인데."

대장간에 간다는 소리였다. 외수는 말리지 않았다. 이런저런 것이라도 만들며 망치질이라도 하고 있으면 잡념을 잊을 수 있을 듯해서였다.

커다란 술 단지를 옆에 끼고 술잔까지 챙겨 든 그가 죽림 밖 대장간으로 향했다.

"너희들도 가라. 아침잠이나 더 자야겠다."

뒤도 안 돌아보고 집 안으로 들어가 버리는 송야은.

외수가 빙긋이 웃고 돌아섰으나 송일비는 초옥에다 대고 연신 콧방귀만 날려댔다.

"편가연!"

"네, 공자님!"

내원으로 돌아가는 길에 외수가 나직이 입을 열었다.

"부탁할 게 있는데."

"말씀하세요."

"당분간 오대상회 회의나 십대부호가 모이는 자리는 피해
줬으면 좋겠어."

"왜요?"

"위지세가를 조사하겠어!"

"그들을……?"

편가연이 놀란 기색을 지우지 못했다.

"놈들이 나타난 때가 너무 절묘해. 급조된 인상의 허술한
자들이었지만 사하공이 아니라 나를 노린 것 같은 느낌을 지
울 수 없어."

"이 음모 속에 십대부호들도 끼어 있단 뜻인가요?"

충격에 안색까지 새파랗게 질리는 편가연.

외수가 눈을 마주한 채 못을 박듯 말했다.

"그럴 가능성이 농후해. 생각할수록 의심이 짙어져! 살수
들이 단독으로 극월세가를 노릴 순 없지. 누군가 결탁해 그들
을 움직이고 있단 뜻인데, 뒤에서 거액의 자금을 대는 자들이
있지 않곤 불가능한 일이야. 지속적으로 그런 자금을 댈 수
있는 자들 말이야!"

"알… 겠어요. 마음… 대로 하셔요."

편가연의 표정이 제발 아니길 바라는 듯한 모습이었다.

"저기… 공자님?"

"왜?"

"집무실을 하나 만들까 하는데요."

"집무실? 만들면 되지. 그런 걸 왜 나한테 물어?"

"아니 그게 아니라 공자님께서 쓰실 집무실을……."

편가연이 무척 쑥스러워했다.

"나? 됐어! 내가 그런 게 왜 필요해?"

"많은 일을 하시잖아요. 사람도 많아졌고요. 별채 공자님
침소에 사람이 드나드는 것도 그렇고, 따로 일을 보실 방이
있는 게 좋겠어요. 또 그렇게 별채에 계시는 게 꼭 외부인 같
아 다른 사람들 보기도 그렇고……."

"그래? 그럼 어떡하자고?"

"본채 아버지께서 쓰시던 집무실을 사용하시면……."

"……."

외수가 멈춰 서서 쳐다보았다.

속내를 들킨 것처럼 부러워하는 편가연. 하지만 말 나온 김
에 그녀는 용기를 냈다.

"침소도 옮기시면 좋겠어요. 별채에 사람들도 많아졌으니
번거로우실 거예요."

"어디로?"

"본채 위층 제 방 옆으로……."

말을 해놓고 고개도 못 드는 편가연. 빨갛게 달아오른 얼굴
도 가관이었다.

"아직은 제가 마음의 불안을 떨치지 못한 상태라 아무래도
바로 옆에 계시면 더 안심이……."

"알았어. 한데 침실을 옮기는 것과 아버지의 집무실은 됐고, 비어 있는 작은 방이나 하나 줘."

"…알겠어요. 당장 꾸미라고 하겠어요."

편가연은 침소까진 아니더라도 일단 집무실을 나란히 쓰게 된 것만으로도 만족했다.

第六章

약속

그놈 앞에 대가리 수는 필요 없다.
막지 못하면 모두 사냥감이고 먹잇감일 뿐이다.

-점창일기 구대통

"가주, 찾으셨습니까?"

"어서 오세요."

편가연은 집무실로 들어오는 외원의 최고 수뇌 두 사람을 직접 일어나 맞았다. 극월세가가 진행하는 모든 사업을 총괄, 지휘하는 책임자들. 설순평 총관을 보내 은밀히 부른 그들이었다.

"앉으세요. 고생들이 많으시죠?"

"저희야 뭐… 그보다 요즘 가주 안색이 좋아지신 듯해 한 시름 잊고 사업에 몰두할 수 있어서 너무나 좋습니다. 허허. 그런데 무슨 일입니까? 저희를 이렇게 따로 부르시다니… 특별한 일이라도 있으십니까?"

편가연이 준비해 놓았던 차를 직접 따라주며 대화를 시작했다.

"우리가 십대부호들과 공조하거나 연계하고 있는 사업이 많나요?"

"예, 많습니다."

"얼마나 되죠?"

"한 삼십여 개 분야에서 협업(協業)을 하고 있습니다만."

"위지세가와는?"

"위지세가하곤 특별히 크게 진행하는 건 없고 소소한 사업 두 분야에 저희 쪽에서 투자를 하고 있습니다. 그쪽이 더 큰 투자를 요구하고 있긴 합니다만 상가라기보다 워낙 무가의 인상이 큰 곳이라 조심스러워서."

"음… 잘됐군요. 그쪽 위지세가와의 사업을 정리하세요. 표 나지 않게 조용히!"

"예? 완전히 접으란 말씀입니까? 하지만 투자분이 크지 않은 데다 십대부호들과의 관계 유지 차원 정도에 지나지 않을 뿐인데 어찌……? 문제가 있습니까?"

"내막은 차후에 말씀드릴게요. 우선 정리부터 해주세요."

다소 놀란 표정의 수뇌들. 짧은 생각 뒤에 묵묵히 고개를 끄덕였다.

"알겠습니다. 바로 정리에 들어가겠습니다."

"그리고 다른 가문들과도 현 상태만 유지할 뿐 다른 사업을 진행하지 마세요. 가급적이면 줄이는 방향으로 가시구요."

"알, 알겠습니다."

두 수뇌는 뭔가 일이 터졌다는 걸 직감했으나 일단 묵묵히 명만 받아들었다.

*　　*　　*

바로 옆방.

"무슨 일이지?"

"어서 와!"

곽영지가 특급살수들과 들어서자 외수가 커다란 책상 너머에서 일어났다.

기어코 편가연이 만든 집무실. 작지도 않았다. 오히려 편가연의 집무실보다 더 크고 이것저것 꾸미기도 많이 꾸몄다.

진귀한 도자기를 비롯해 그림, 값비싼 가구들…….

어마어마한 부를 자랑하는 세가 환경에 익숙지 않은 곽영지가 눈이 휘둥그레져 둘러보기부터 할 정도였다.

"부탁할 일이 있어서 불렀어!"

"……."

부탁이란 말에 이채를 띠며 곽영지가 쳐다보았다. 고용된 것과 다름없는 입장에 어울리지 않는 탓이다.

"말해!"

"우선 앉아. 세 분도!"

외수가 자리를 가리키자 시시가 차를 가지고 들어와 내려놓고 나갔다.

"위지세가라고 알지?"

"……."

뜬금없이 튀어나온 이름에 곽영지가 고개만 끄덕였다.

"거길 감시해 줬으면 좋겠어."

"이유는?"

"극월세가를 향한 음모에 그들이 가담하지 않았나 해서. 주모자일지도 모르고."

"음, 감시만 하면 되는 건가?"

끄덕.

"누굴 만나는지, 또 어떤 자들이 위지세가를 드나드는지 그들의 움직임을 확인해 줘. 여기 사람들은 할 수 없는 일이야."

"그러지! 그런데 놀랍군. 위지세가라니……. 무가로도, 상가로도 충분히 성공한 그들이 뭐가 아쉬워서."

"그건 우리 같은 사람들의 생각이지. 극월세가에 비하면 작고 초라할 뿐일지도."

"하긴……."

곽영지가 다시 한 번 엄청난 부를 증명한 방 안을 둘러보았다.

"분명 뭔가 있어. 당장 의심되는 곳은 비영문과 위지세가뿐이지만 그들만이 아냐! 우릴 공격했던 자들 중엔 살수가 아닌 자들도 있었으니까!"

"거대한 음모로군."

끄덕.

"아마도 절혼이비도라는 칼이 아니었으면 아직도 실체를 모른 채 헤매고 있었을 테지. 이제 실마리를 잡은 것뿐이야."

"무서운 싸움이 될 것 같은데, 전쟁이나 다름없는……. 비영문, 독곡, 위지세가. 의심되는 그곳들만 상대한다고 해도 엄청날 텐데, 모두 상대할 생각이야?"

"물론! 그럼 봐줘?"

아무렇지도 않게 반문하는 궁외수의 말에 곽영지는 입을 다물지 못했다. 아무리 극월세가를 등에 업었다지만 자기보다 한참 어린 사내가 정말 놀라운 배짱이었다.

본인의 무위를 믿는 것인지, 아니면 단순히 배포인지 볼수록 희한한 인간.

"너 혹시……?"

"뭐?"

곽영지가 무언가 조심스레 말을 꺼내려 하자 외수가 거침없이 유도했다.

"혹시 편가연 가주와 혼인을 전제로 뭔가 조건이 붙은 거야?"

"그건 무슨 소리야?"

"아니, 네가 그녀의 정혼자라는 사실도 놀랐는데 그런 인간이 일선에 직접 나서서 움직이니 물어보는 것이야. 보통 이런 어마어마한 배경을 뒤에 둔 인간들은 직접 나서지 않잖아? 죽을지도 모르는데. 해서 어떤 조건 같은 데 얽매이지 않았나 하고."

"후후, 그런 거 없어! 그런 게 있었으면 여기 머물지도 않았지. 난 제약 따윈 무지 싫어하는 인간이니까."

"그럼 왜……?"

"그냥 약속이야. 약속을 했으니 지키려는 것뿐이야."

"……."

"이해 못 하겠단 얼굴이군."

"당연히!"

"간단해! 내가 나설 수밖에 없는 상황, 그녀에게 힘이 되어줄 사람, 믿을 수 있는 사람이 없었기 때문이야. 보다시피 사방이 적이거든. 다행히 과거의 인연을 믿었고, 날 불렀기에 할 수 있는 부분을 해주는 것뿐이야. 그녀에 대한 괜한 오해 갖지 마."

외수의 말에 곽영지는 아무런 반응도 하지 않았다. 그래도 이해되지 않는 부분이 남아서다.

"언제 출발할 수 있어?"

"한시가 급할 것 아냐. 위지세가라면 꽤 먼 거리인데 당장 출발하지 뭐."

곽영지가 숙부들을 돌아보며 의사를 확인했다.

고개를 끄덕이는 소혼사와 두 명의 특급살수들. 곽영지는 바로 일어났다.

곽영지와 세 사람이 나가고 난 뒤 잠시 후 송일비가 조비연과 함께 들어왔다.

"멋진데. 여기 있으니 사람이 또 달라 보이는군."

휘휘 둘러보며 호들갑을 떠는 송일비.

"그런데 맘에 안 드는군."

"뭐가?"

"네가 여기 있으니까 시시 소저를 볼 수가 없잖아. 별채엔 통 내려오지도 않고."

"너도 여기 있으면 되잖아."

"아! 그러면 되겠군. 여긴 전망도 좋은걸."

송일비가 창밖을 내려다보며 쓸개 빠진 인간처럼 히죽거렸다. 그럴만했다. 워낙 높게 지어진 건물이라 집무실에서 내다보는 전경은 극월세가 전체를 한눈에 굽어보는 듯한 느낌마저 들게 하기 때문이다.

"그런데 그녀들은 어떻게 된 거야? 우리 아버지를 쫓아온 것이라면서 어째서 여기 머무는 것이지? 오히려 널 감시하는 것 같은 눈치던데?"

자기 자리인 양 창가에 기대어 선 송일비의 물음에 외수는 자연스레 조비연을 보았다. 아직 그녀에게 월령비도에 대해 말하지 못한 상태. 어떻게 말을 꺼내야 될지 몰랐기 때문이다.

빙녀들을 붙잡기 위해 큰소리는 쳤지만 어떻게 분신이나 다름없는 물건을 달라 한단 말인가. 더구나 스승께서 전한 물건을.

이 문제를 놓고 계속 고민 중인 외수였다. 무언가 보상해 줄 만한 게 있어야 하는데 아무리 궁리를 해봐도 성명무기를 대신할 건 없었다.

"저기……."

외수답지 않게 주저하는 모습.

조비연이 눈에 이채를 띠며 쳐다볼 때 송일비가 톡 쏘았다.

"뭐야, 똥마려운 강아지처럼? 정말 뭔가 있는 거야?"

"비연!"

외수가 송일비는 무시하고 책상에서 나와 응접탁자 앞에 앉았다.

"이리 와 볼래?"

명백히 할 얘기가 있다는 표시. 조비연이 천천히 걸어와 마주앉았다.

"만약에 말이야. 음······!"

여전히 머뭇대는 모습의 외수. 조심스럽고 신중했다.

"만약에 내가··· 네게서 무언가 아주 소중한 것을··· 달라고 한다면··· 어떨 것 같아?"

"······?"

조비연이 이해를 못 해 커다란 눈만 껌뻑댔다.

창가에 기대어 선 송일비가 또 끼어들었다.

"키킥, 애정 고백하는 것도 아니고 뭐야?"

외수는 신경 쓰지 않았다. 조비연에게만 집중해도 모자랄 판이었다.

역시 눈을 떼지 않고 다음 말을 기다리는 조비연. 외수는 그녀가 이토록 어려운 여자인지 처음 알았다. 무겁고 진지하고. 가만히 쳐다보고만 있을 뿐인데도 압도되는 느낌이었다.

외모가 저렇게 변했는데도 성격은 그대로.

"이봐, 사람 좀 적응되게 해주면 안 돼?"

"······?"

갑작스런 외수의 말에 조비연의 표정도 일변했다.

"너무 안 어울리잖아. 곱고 나긋한 모습으로 변했으면 거기에 어울리는 분위기를 연출해야지 항상 칼을 물고 있는 듯한 그 표정은 뭐야?"

"하고 싶은 말이 뭐냐?"

"윽!"

분위기를 좀 부드럽게 바꿔보려 했던 외수가 얼음장 같은 조비연의 대꾸에 스스로 두 손 들고 말았다.

어쩔 수 없이 다시 뭉그적대는 외수. 말도 못하고 눈치만 보는 꼴이 불쌍할 정도였다.

"내 월령비도를 달라는 거야?"

"억?"

조비연이 말에 깜짝 놀라 뒤집어지는 외수.

"아니 뭐, 그러니까… 음."

"……."

빤히 노려보는 조비연. 움직임은커녕 표정 변화조차 없는 그녀 때문에 외수는 식은땀이 났다.

"어떻게… 알았어?"

"네가 아는 내 소중한 것이란 건 그것뿐이잖아."

"그렇군. 젠장! 맞아. 네 월령비도가 필요해! 줄 수 있어?"

비로소 제 모습을 보이는 외수.

송일비가 즉각 끼어들었다.

"미친놈!"

이번에도 외수는 그를 돌아보지 않았다. 당연한 반응인 것이다.

"상대방의 성명무기를 달라니. 그것도 절대신병을. 정신이 어떻게 된 것 아냐? 웬 헛소리야?"

"……."

외수가 잠자코 있자 조비연이 먼저 물었다.

"이유는?"

"반야의 눈을 고치기 위해서야."

"그녀의 눈을 고치는 데 내 비도가 필요해?"

끄덕.

"송 문주가 훔쳐낸 북해 빙궁의 성물, 그것으로 만든 물건이 네 비도야. 내 검도 그렇고, 다른 또 하나 무적신갑이란 신병까지."

"……."

"내 검을 준다고 약속했고, 다른 두 개도 회수해… 주겠다고 약속했어."

다시 튀어나오는 송일비.

"미친놈! 왜 네 맘대로?"

이번엔 외수가 고갤 돌려 째려보았다.

"험험!"

발끈했던 송일비가 멋쩍게 입을 닫고 딴청을 피웠다. 그도 아버지 때문에 벌어진 일이라 함부로 지껄일 수 없게 된 처지이기 때문이다.

전혀 미동도 않던 조비연이 처음으로 표정의 변화를 보였는데 그게 아주 흐린 미소를 살짝 무는 것이었다.

"낭왕 손녀의 눈이라. 그녀가 무척 소중한 모양이군. 사하공이 만든 검을 포기할 정도라니 말이야."

외수가 고개를 끄덕이며 대답했다.

"놀라운 검이긴 하지만 반야의 눈보다 중요하진 않아. 나한텐 절대신병 같은 기병이 어울리지도 않고."

"좋아, 네 검은 그렇고 나에게서 어떻게 비도를 빼앗을 참인데?"

"……."

빤히 쳐다보는 외수. 흐릿한 미소 뒤의 조비연 마음을 읽을 수가 없었다.

"뭐든… 주지! 원하는 건 무엇이든!"

"……."

"돈으로 보상하라면 돈을, 아니면 사하공에게 말해서 다른 걸 만들어달라고 하면… 안 될까."

말을 흐리는 외수. 속이 답답했다. 말을 해놓고도 바보 같단 생각을 떨칠 수 없었다.

"미안! 말도 안 되는 부탁인 줄 알면서 꺼냈어. 다른 수부터 궁리해 봤어야 하는데."

"다른 수를 궁리하면 있어?"

외수가 물끄러미 마주보다 고개를 저었다.

"글쎄, 북해 빙궁의 신녀라는 사람을 붙잡아 협박해 볼까?"

"농담을 하는 걸 보니 여유가 있는 모양이군."

"후훗, 농담 같지만 어쩔 수 없다면 그렇게라도 해야겠지?

반야의 눈을 치료할 유일한 길이니까."

"주지!"

"엉?"

"뭐?"

조비연의 말에 외수와 송일비가 동시에 놀랐다.

"준다고. 하지만 내 비도를 가져갈 땐 어떤 대가가 따라야 하는지도 알지?"

"알아!"

올른 대답하는 외수.

"돈 따윈 필요 없어! 후일 한 가지! 내가 원하는 건 무엇이든 반드시 들어주겠다고 약속해!"

"약속해!"

흥분한 외수.

조비연이 슬그머니 예쁜 눈을 째렸다.

"무엇인 줄 알고 선뜻 대답하지?"

"무엇이든 상관없어! 내가 할 수 있는 일이면 반드시 들어줄게!"

"……."

말없이 노려보는 조비연. 하지만 외수는 그저 싱글벙글 입이 찢어져 있었다.

"그렇게 좋아?"

"당연하지. 젤 어려운 문제가 너였는데. 흐흣!"

"난 그렇다 쳐도 무적신갑인가 다른 하나는 어떻게 할 건데?"

"우선 찾아야지?"

"어디서? 가진 자가 어디 있는지 알아?"

"몰라! 하지만 알 방법은 있지!"

"……?"

"멀지 않아. 같이 갈까?"

외수가 불쑥 일어났다.

*   *   *

길에 나와 빗자루질도 하고 손님도 맞아들이던 화평객잔 점소이가 정면에서 나란히 걸어오는 두 사람을 보고 화들짝 놀라며 뒷걸음질을 쳤다. 그리곤 곧바로 유난을 떨며 앞길 정리부터 했다.

"비키세요! 비키세요!"

객잔에 장기투숙을 하며 무료한 시간을 보내던 구대통과 무양, 그리고 명원신니. 마침 시내라도 나가보려고 객잔을 나서다 호들갑스런 점소이 때문에 한쪽으로 물러서야 했다.

"뭐냐, 무슨 일이야?"

"저쪽으로 비키세요. 저기 극월세가 공자님께서 오시잖아요!"

"극월세가 공자?"

어이없어 하던 구대통이 길 쪽으로 고개를 돌리는 사이 점소이가 안에다 대고 소리쳤다.

"주인아저씨, 극월세가 궁외수 공자님께서 이쪽으로 오십니다. 그때 그 미녀분도 같이요!"

점소이로선 호들갑을 떨 만했다. 이제 궁외수가 극월세가의 어떤 사람이란 건 다 알려진 사실이고, 같이 오는 조비연도 객잔 개점 이래 최고의 대박을 맞게 해준 손님이었기 때문이다.

즉각 주인이 뛰어나왔다. 눈이 휘둥그레진 채.

반면 객잔으로 향해오는 궁외수를 확인한 무림삼성의 표정은 싸늘히 굳었다.

"멀쩡하군요. 설마 또 싸우자고 오는 건 아니겠죠?"

궁외수와 같이 오는 절대신병의 주인들, 월령비도의 전인이라는 조비연과 뒤에서 건들건들 따라오는 비천도문의 송일비까지 확인한 명원신니가 입술을 삐죽였으나 구대통이 무겁게 고개를 저었다.

"시녀라는 아이까지 따라오는 걸 보니 다른 일인 듯하다."

구대통이 궁외수가 객잔 입구 계단에 다다르자 바로 이죽댔다.

"웬일이냐, 네놈이? 보기 싫은 낯짝들일 텐데?"

"노인들 보러 온 것이 아니요. 주미기는 어디 있소?"

"그 녀석은 왜?"

"부탁할 일이 있소."

"⋯⋯."

빤히 노려보는 세 사람. 그러나 더 묻지는 않았다. 물어봤자 말해줄 것 같지도 않고 어차피 나중에 미기에게 물어보면 알게 될 일.

"이 층 제 방에 있다!"

"알겠소."

외수는 더 볼일 없단 듯 뒤도 안 돌아보고 성큼성큼 계단을 올라갔다.

송일비와 조비연이 꾸벅 고개만 숙여 앞을 지나갔다.

"흥, 요즘 젊은 것들 싸가지란!"

구대통이 노골적으로 불만을 날렸으나 조비연과 송일비는 그저 외수만 쫓아 들어갔다.

똑똑.

"건들지 마. 더 잘 거야. 어젯밤 검공 연습한다고 한숨도 못 잤단 말이야."

외수가 문을 두드리자 안에서 들려온 답변이었다.

외수는 주저 없이 문을 벌컥 열고 들어갔다.

"그렇게 웅얼거려서 밖에 들리겠냐?"

"으악!"

낯설지 않은 목소리에 주미기가 튕겨나듯 침대에서 벌떡 일어났다.

"너, 너?"

"왕부의 공주님께서 검공 따원 뭣 하러 익히는데?"

잠자리 날개 같은 얇은 속바지의 잠옷 차림.

후다닥 이불을 끌어 올려 몸을 가린 미기가 손가락질을 해 댔다.

"너, 이 시키! 누구 맘대로 내 방을 함부로?"

"네 목소리가 모기 앵앵대는 것처럼 들려서!"

"죽고 싶은 거냐? 감히 대금평왕부의 공주이자 숙녀의 방을 제멋대로 들어오다니!"

"어이, 공주는 맞는데 숙녀는 아니지. 전에 말했잖아. 넌 그냥 열여섯 살짜리 꼬맹이!"

"뭐, 뭐야?"

"엉덩이 보인다. 그쪽도 가려!"

손가락을 뻗은 채 엉거주춤한 자세로 침대 위에 선 미기의 꼴은 저절로 웃음이 나오게 만들었다.

"야!"

미기가 눈에 핏발을 세운 채 바들바들 떨었다. 그러다 결국 침대 옆 자신의 검을 확인하고 벼락같이 뽑아 들었다.

"너, 너, 이 새끼!"

하지만 외수는 콧방귀만 꼈다.

"뭐야, 그 꼴로 싸우게?"

뛰쳐나오려다 자신의 꼴을 다시 한 번 내려다보는 미기. 이러지도 저러지도 못하고 망설이던 그녀는 어쩔 수 없이 외수를 향해 뽑아 든 검을 집어 던지고 베개들까지 집어 던졌다.

"나가지 못해? 너 죽었어! 당장 나가, 이 새끼야!"

외수가 날아온 검은 가볍게 받아 들고 베개는 그대로 맞아 주며 씨익 웃음으로 응수했다.

"알았어! 잠깐 나갔다 들어올 테니까 옷이나 입고 죽이든 살리든 해!"

돌아서는 외수.

"너 이 시키, 반드시 죽여 버릴 테야. 죽었어, 감히 내 방을. 용서 못 해! 호랑말코 같은 시키!"

미기가 혼자서 길길이 분노를 표출하고 있었으나 외수는 전혀 아랑곳 않고 다시 문을 닫고 나왔다.

미소 띤 외수.

밖에 있던 송일비가 의아한 얼굴로 물었다.

"뭐야, 공주였어?"

금평왕부의 공주가 왜 무림삼성과 같이 있고 이런 객잔에 투숙하고 있느냔 표정. 조비연의 표정도 어리둥절하긴 마찬가지였다.

픽 웃고 마는 궁외수.

하지만 시시가 그냥 넘어가지 않았다.

"흥! 상습범이라니까! 이젠 공주님 방까지? 상습범에 지능범! 타고난 재주예요, 아주!"

외수가 반박 않고 딴청만 피우자 조비연이 물었다.

"뭔 소리지? 상습범이라니?"

입이 툭 튀어나오고 잔뜩 눈까지 흘긴 시시가 고자질하듯 말했다.

"비연 언니께서도 조심하세요. 옷을 갈아입거나 목욕 중일 때 특히! 언제 어느 곳에서 우연을 가장한 우리 색광(色狂) 공자님께서 뛰어들지 몰라요. 흥!"

"뭐야 그럼, 방금 방문을 열고 들어갔던 것도 계획적이란 말이야?"

"아마도요."

"에이, 시시! 그건 좀 비약한 것 같다. 네 과민 반응 같은데?"

"절대 아니에요! 우연이 반복되면 그건 우연이 아니라 아주 치밀한 계산하에 벌이는 범죄이거나 아니면 그 상황에 맞닥뜨리면 본능적으로 즉각 반응할 수 있는 선천적 감각을 가졌다는 거죠. 어쨌든 그쪽으론 정말 놀라운 분이셔요, 아주!"

"……?"

조비연도 송일비도 믿기지 않는단 얼굴로 외수를 쳐다보았다.

외수가 말도 안 되는 소리라는 듯 억울함을 역설했다.

"우와, 시시! 사람을 단번에 색마로 만들어 버리는군. 우연이 겹친 것뿐이야. 생각해 봐. 누가 이 시간까지 침대에서 자고 있을 거라 생각해? 누명 씌우지 마! 두 사람 오해하잖아!"

"항상 핑계까지 있는 완벽한 범행! 정말 안에서 공주님이 하시는 말 못 들었나요?"

"아, 그거야……."

대꾸를 못 하는 외수.

조비연과 송일비의 눈초리가 더 꺾여 넘어갔다.

"뭐야, 나보다 더 무서운 놈이었어? 흐흣, 몰랐는걸. 그런 재주가 있는 줄. 대단한 놈!"

송일비가 색광이란 걸 기정사실로 받아들이자 외수의 얼굴이 시뻘게졌다.

그때 부서질 듯 문이 요란하게 열렸다.

쾅!

"야! 궁외수!"

어느새 옷을 갖춰 입고 문을 열어젖힌 주미기다.

"너 죽었어! 내 검 내놔!"

외수가 눈을 껌뻑대며 아무렇지도 않게 검을 던져 주었다.

"자, 네 검! 그런데 그 검으로 어쩌려고. 나랑 한판 붙겠다는 거야?"

"당연하지!"

"이길 자신은 있고?"

"당연히 이길……."

명확히 받아치지 못한 미기가 잠시 머뭇대다 다시 성을 냈다.

"너는 감히 왕부의 공주를 능욕한 죄인이다! 왕부와 황실의 무인들을 동원해 반드시 네놈을 다스릴 것이다."

"그래? 그것참 잘됐군. 그러잖아도 그들 힘이 필요하던 참인데."

"……?"

멀뚱해진 미기.

"무, 무슨 소리냐?"

"무슨 소린지는 들어가서 얘기하지!"

외수가 막 밀고 들어가자 미기가 얼떨결에 물러났다.

"앉아! 같이 온 저들은 알지?"

엉거주춤 이러지도 저러지도 못하는 상태로 조비연과 송일비를 쳐다보는 미기. 지난 싸움에서 절대신병의 주인들임을 확인한 바였다.

송일비가 미소를 흘리며 가만히 고개를 숙여 보였고 조비연이 예의를 갖춰 인사를 했다.

"몰라 뵈었습니다. 지고하신 공주님이셨군요. 아리따운 분을 이렇게 가까이 뵙게 되어 영광이에요."

비연의 인사에 미기의 기분이 조금은 나아진 듯했다. 자기가 봐도 예쁜 여자가 예쁘다고 하니 살짝 기분이 좋아진 것이다.

"어째서 떼거리로 몰려온 것이지?"

"부탁할 게 있어서!"

"부탁?"

외수가 천천히 고개를 끄덕이고 말을 이었다.

"삼사십 년 전 금평왕부에 있었던 무장 중 한 사람을 찾아 줘!"

"뭐?"

"이름은 손공노. 손무 장군의 후손이라더군. 알아?"

"당연히 모르지, 이 시키야!"

"들어보지도 못했단 말이군. 어쨌든 그 사람을 좀 찾아줘!"

"이 자식이 지금 누구에게 와서 이래라저래라 하는 거야? 내가 네 부탁 따윌 들어줄 것 같아? 능지처참을 해도 모자랄 판에?"

"그래? 그럼 아리땁고 숙녀이신 우리 영령공주님 궁둥이를 봤다고 동네방네 소문을 내야겠군."

"......?"

미기가 말을 잃었다. 부끄럽고 창피한 건 둘째 치고 뭐 이런 인간이 다 있느냔 표정.

"이봐, 나한테 빚이 있잖아. 도와줘!"

"......."

"왜 말이 없어?"

"너한테 빚진 건 반야지 내가 아니잖아."

"어쨌든 너도 당한 걸 내가 갚아줬잖아. 자꾸 그러면 진짜 네 궁둥이 짝궁둥이라고 소문낸다."

"캭! 그 주둥이 다물지 못해?"

"흐흐흐!"

"별 치사한 수단을 다 동원하는 걸 보니 어지간히 다급한 모양이구나?"

"네 친구 시야가 걸린 일이야. 그를 찾아야 반야의 눈을 고칠 수 있거든. 너도 반야가 시력을 되찾는 걸 보고 싶지?"

"......?"

"부탁해!"

진중한 외수의 태도. 짓궂은 척 행동해도 속내는 깊고 책임감 넘치는 사내란 걸 이미 알고 있기에 결코 미워할 수 없는 인간, 그 어떤 부탁도 들어주고 싶은 게 지금 미기가 외수를 보는 솔직한 시각이었다.

"의뭉스러운 놈! 음흉하고 발칙한 놈!"

잔뜩 흘기는 미기의 눈초리에 시시가 즉각 거들었다.

"동감해요, 공주님! 용서하지 말고 혼쭐을 내주세요! 없는 사실까지 유포하려 하잖아요. 공주님이 얼마나 유려한 몸매를 가진 분이신데."

반질반질 맑고 깨끗한 미소를 흘리는 시시. 미기는 그녀 때문에 또 한풀 기분이 풀렸다.

"무장이었다고? 그가 반야의 눈과 무슨 상관이 있지?"

"그에게 사하공이 만든 절대신병 하나가 있어. 그걸 찾아 눈을 고쳐 줄 사람에게 줘야 해! 원래 주인이라 할 수 있거든."

"……."

"도와줄 거지?"

"도와준다고 해도 삼사십 년 전의 인물을 어떻게 찾아?"

"그의 기록이나 가까웠던 사람을 찾을 수도 있지 않을까? 출생지, 살던 곳, 가족, 친지, 지인 등을 추적하다 보면 뭔가 하나 걸리지 않겠어? 넌 공주잖아. 천상천하 유아독존! 난 네가 그런 공주라서 너무 좋아! 흐흣!"

"뻔뻔하고 교활한 놈!"

"공감이에요, 공주님! 그래도 용서하지 말고 황군을 동원해 잡아가세요."

시시가 또 활짝 웃으며 부추겼다.

"좋아, 빚은 빚이니까 알아봐 줄 수 있는 건 알아봐 주지. 어려운 것도 아니니."

"역시 공주님이야. 그럴 줄 알았어! 발그스름 사과같이 예쁘고 귀여운 엉덩이를 가진 우리 공주님!"

"이 자식잇!"

퍽!

어김없이 미기가 주먹을 휘둘렀고 외수가 피하지 않고 두 눈 멀쩡히 뜬 채 얻어맞았다.

"아코! 그 작은 주먹이 왜 이리 맵냐."

"꺼져!"

눈두덩이 시뻘겋게 달아오르는 외수. 흐릿한 미소를 베어 물고 미련 없이 자리에서 일어났다.

"부탁해!"

"흥!"

"공주님, 그럼 다시 뵙겠어요."

시시를 필두로 줄줄이 인사를 하고 나가는데도 미기는 단단히 팔짱을 끼고 앉아 연신 콧방귀만 껴댔다.

"볼일 다 봤냐?"

객잔을 나서는 외수에게 구대통이 또 시비를 걸었다.

"말 붙이지 마시오. 우리가 말 섞을 사이요?"

찬바람을 쌩 일으키며 지나가는 외수. 그 뒤로 멋쩍어진 송일비가 그저 못 본 척 비실비실 웃으며 따라갔고, 무표정한 조비연 다음 시시가 활짝 웃으며 인사를 하고 뒤를 쫓았다.

"안녕히 계세요!"

네 사람이 떠나고 나자 무림삼성은 누가 먼저랄 것도 없이 이 층으로 달렸다.

덜컹!

"뭐야? 왜 오늘따라 무조건 쳐들어오는 사람이 많아?"

"그놈이 왜 널 찾아왔더냐? 네게 무슨 볼일이 있다고?"

"별일 아냐. 알 것 없어!"

"뭐야?"

구대통이 쌍심지를 치켜세우자 힐끔 돌아본 미기가 어쩔 수 없이 말해주었다.

"누굴 좀 찾아 달래."

"누구?"

"우리 집에서 일했던 무장!"

"금평왕부의 무장을 그놈이 왜?"

"사하공 영감의 절대신병 중 하나를 갖고 있대. 그걸 찾으면 낭왕 손녀의 눈을 치료할 기회를 얻는다고."

"……?"

죽은 낭왕과 관련된 일이라 무림삼성은 찍소리도 못 했다.

"그런데 너 뭐하냐?"

"보면 몰라? 짐 싸잖아!"

"그래? 아주 가려고?"

구대통의 반색. 미기가 돌아보고 눈을 흘겼다.

"아니! 갔다가 금방 올 거야. 나 없을 때 또 무슨 사고 치려고. 관부에 마차나 한 대 보내라고 연락해 줘!"

혀까지 쏙 내밀어 보이는 미기 때문에 구대통과 두 사람은 아쉬운 입맛만 다셨다.

第七章

무서운 음모

아비가 말했다.
자기보다 더한 놈이라고. 그놈이 곧 올 거라고.
그래서 우리는 떠난다. 이 빌어먹을 곳을.

—일월천에 복속된 무리의 수뇌들

　억수같이 쏟아지는 빗속에 깊은 죽립과 우비를 걸친 사내
가 장중한 장원 앞에 서서 커다란 대문을 올려다보았다.
　"제기랄!"
　한참이나 처마 밑에 걸린 세가 이름을 올려다보던 사내가
불만에 찬 화를 토하곤 문을 세차게 두드렸다.
　쾅쾅쾅!
　거친 손길만큼이나 다급히 문이 열렸다.
　밖으로 고개를 내민 사람은 문간 청지기 노릇을 하는 늙은
이였다. 그는 문을 두드린 사람을 확인하곤 다소 당황한 표정
으로 몸을 굽혔다.

"가주, 이제 돌아오십니까?"

당당한 체격, 근엄하고 날카로운 인상을 한 중년 사내. 그는 문 안으로 들어서자마자 우비와 죽립부터 신경질적으로 벗어 던졌다.

"별일은?"

"없었습니다요."

다소 화난 듯한 사내의 태도에 청지기 노인이 기를 펴지 못했다.

사내는 거친 걸음으로 대청을 거쳐 자신의 방으로 향했다.

섬서 편씨무가. 한 번 떠나면 최소 몇 달에서 일 년 이상 외유를 하다가 돌아오는 탓에 그도 청지기 노인도 낯설긴 마찬가지였다.

편장우는 비에 젖은 옷을 갈아입을 생각도 없이 커다란 자신의 의자에 털썩 몸을 묻었다. 피곤하기보다 모든 것이 짜증스러운 탓이다.

휑하니 텅 빈 무가.

세가니 무가니 이름만 거창할 뿐 패망한 꼴이나 다름없는 분위기였다. 최소한 기백 명의 제자와 수하들을 거느리고 있어도 모자랄 판에 그저 집 지키는 청지기와 몇몇 종복들만 있을 뿐. 편장우는 씁쓸함을 지울 수 없었다.

"무열이는?"

편장우가 뜨거운 차를 준비해 들어오는 청지기를 보고 물었다.

"열흘 전 돌아오셨다가 산에 간다고 다시 나가셨습니다. 그런데 그보다 둘째 공자님께서 돌아와 계십니다요."

"무결이?"

"예."

"어디 있느냐?"

"아마 수련당에 계실 듯싶습니다. 오시라 할까요?"

"쯧, 제깟 놈이 이제 와서 수련 따윌 해 무얼 하겠다고! 됐다!"

아들 일인데도 화를 토하는 편장우. 무언가 진한 아쉬움과 아픔이 밴 짜증이었다.

"나갔다 오마!"

청지기가 가져온 차는 거들떠보지도 않고 편장우는 다시 들고 왔던 행낭과 상자 하나를 챙겨 일어났다.

청지기는 아무 말도 하지 않았다. 항상 그래왔었기에 특별히 할 말도 없었다.

"다녀오십시오, 가주!"

대꾸도 않고 다시 퍼붓는 빗속으로 떠나는 편장우.

*　　　*　　　*

무망산.

섬서 땅에 있는 산들 중 하나로, 명산에 끼지도 못하는 산
이다.

산세가 험하긴 하나 높지는 않고 사람들이 찾아들 만큼 절
경도 품지 못한 산. 대체로 볼품없이 산세만 거친 그저 그런
산이었다.

하지만 이곳은 편장우에겐 포기할 수 없는 대망(大望)을 꿈
꾸게 하는 산이었다.

대망을 품은 편장우의 꿈과는 정반대의 의미를 지닌 무망
산. 인간이 쉽게 접근할 수 없는 암벽과 잡목들이 우거진 그
곳을 편장우는 거침없이 날아올랐다.

놀라웠다. 절세의 고수나 보일 수 있는 경공술. 패망한 분
위기를 연출하던 무가의 가주라고 보기엔 대단히 비범하고
표홀한 신법이었다.

마치 바람에 날린 낙엽처럼 수림과 암벽을 날아오른 그는
눈 아래 펼쳐진 광경에 지금까지 더러웠던 기분이 한순간에
씻겨 내려가는 걸 느꼈다.

"푸흐흐흐!"

편장우는 암벽 정상에 서서 아래를 내려다보며 손에 쥔 상
자를 더 꽉 움켜쥐었다. 그리고 흐뭇한 발걸음을 옮겨 천천히
아주 천천히 아래로 내려갔다.

"가주, 이제 오십니까!"

한 사내가 목책 안으로 들어서는 편장우를 발견하고 허리

를 꺾어 인사를 했다. 이곳을 지휘 통제하고 있는 우두머리격
의 인물. 그간의 수련을 말해주듯 전신에 풍기는 인상이 대단
히 날카롭게 날이 선 자였다.

그러자 여기저기서 비슷한 자들이 튀어나오며 머릴 숙였
다.

"가주!"

편장우는 흐뭇한 마음을 숨기지 않고 웃음을 흘렸다. 자신
이 철저하게 보안을 유지하며 키우는 인간병기들. 당장이라
도 누군가를 잡아 찢어발길 듯한 살벌한 기운을 흘리는 이런
자들이 여기 무려 오백여 명이나 있었다.

"다들 열심히 하고 있겠지?"

"물론입니다. 모두 밤낮을 잊은 채 각자 할당된 무공의 최
고가 되기 위해 피땀을 쏟고 있습니다."

"안 된다, 열심히만 해선! 필사의 각오로 해야 해! 내가 네
놈들을 먹여주고 입혀주고 부모, 형제, 자식들까지 잘살게 해
줬다. 내 모든 재산을 털어서 말이다. 이제 네놈들이 날 위해
보은을 할 차례다."

"잘 알고 있습니다, 가주! 언제 무슨 일이라도 목숨 바쳐 충
성할 준비가 되어 있는 우리들입니다. 굳이 강조 안 하셔도
모두가 같은 마음입니다."

"그래, 좋아! 그러면 반드시 더 바랄 것 없는 부귀영화가 주
어질 것이다. 내가 보장한다. 설령 너희 중 일부가 날 위해 고

혼이 된다 해도 네 부모, 형제, 자식들은 끝까지 나와 부귀영
화를 함께할 것임을 명심해라!"

"고맙습니다, 가주! 명심 또 명심하고 각고의 노력을 할 것
입니다!"

편장우는 확실히 기분이 나아졌다. 전 재산뿐만 아니라 이
곳저곳에서 끌어들인 자금까지 다 퍼부어 키워낸 자들. 이제
두 번째 계획만 완벽히 성공한다면 무림맹조차 상대할 수 있
게 될 것이고, 천하는 자신의 손 안에 쥐어지는 것이었다.

"무열이는 어디 있느냐?"

"지하 연공실에 계십니다."

"알았다!"

편장우는 한결 가뿐해진 걸음을 거침없이 옮겼다.

천연 석굴을 통해 내려가는 지하 공간. 그곳에 아들 편무열
만의 연공실이 있었다.

한참이나 걸어 내려와 연공실 석문 앞에 선 편장우는 굳게
닫힌 석문을 여는 기관 장치를 누르려다가 흠칫 놀라며 도리
어 한 걸음 뒤로 물러섰다.

엄청난 살기.

두꺼운 석문조차 뚫고 밖으로 새어 나오는 무시무시한 살
기였다.

편장우는 바짝 긴장한 채 다시 조심스레 다가섰다. 그때 살

갗을 찢는 듯한 더 지독한 살기와 함께 폭음이 작렬했다.

콰쾅! 콰앙! 쾅! 쾅! 쾅!

지하 공간 전체가 들썩들썩 부르르 떨었다. 발밑이 흔들릴 정도의 폭발. 분명 어마어마한 강기가 발출된 것이었다.

편장우는 거침없이 석문을 여는 기관 장치를 눌렀다.

드르르륵!

문이 열리자 자욱한 돌먼지가 확 쓸려 나오며 얼굴을 덮쳤다.

먼지와 연기가 뒤섞인 공간 안에 우뚝 선 무열의 등판이 보였다.

굉장히 몰두해 있었던 듯, 그는 한참 후에야 석문이 열린 것을 인지하고 슬그머니 돌아보았다.

"아! 아버지?"

"무열아!"

"굉장합니다, 아버지!"

검을 움켜쥔 무열의 얼굴은 흥분과 희열로 가득 차 있었다.

그건 편장우라고 다르지 않았다. 편무열만큼 기쁨을 표출하진 않았지만 벅차오르는 가슴을 진정시키기가 어려웠다.

"구, 구성까지 연성했구나!"

"예, 아버지! 목표했던 구성을 연성했습니다!"

"장하다!"

편장우는 오성까지 수련하다 한계에 다다라 포기한 신공

이었다. 삼십을 넘은 나이에 얻은 보물이라 수련을 해도 더 진전이 없어서였다.

그것을 무열이 비로소 해낸 것이다. 자질이 제 동생 무결보다 떨어진다고 믿었던 무열이 거의 이십오 년 만에.

편장우는 큰아들의 등이라도 두드려 주려 가까이 다가섰다. 한데 상기된 무열이 그의 걸음을 멈추게 했다.

"아버지, 욕심이 납니다. 신공의 마지막까지 연성해 보고 싶습니다."

"안 돼!"

고함이나 다름없이 질색을 하는 편장우였다.

"안 된다고 말했지 않았느냐. 지금으로 만족해야 돼!"

"그렇긴 하지만… 왠지 가능할 것도 같고 자신이 생깁니다."

"이것만은 안 된다. 다른 건 다 욕심 부려도 '구절신공(九折神功)'만은 안 돼! 백여 년 전 무왕(武王) 동방천이 어떻게 죽었는지 말해주지 않았더냐."

"연성을 해보다 문제가 생길 것 같으면 중단하면 되지 않겠습니까?"

"어리석은 소리! 무림 역사를 통틀어 열 손가락 안에 들 것이라는 극강의 인물조차 멈추지 못해 폐인이 되었다."

"그와 저는 경우가 다르지 않습니까. 무왕 동방천은 자기가 만든 무공의 끝을 보고자 계속 갔던 것이고, 저는 이미 결과를 알고 있으니 충분히 조심할 수 있습니다."

편장우는 무열에게 번들거리는 욕심을 볼 수 있었다. 불타고 있는 눈빛. 말려야 했다. 편장우는 우선 자신의 감정부터 차분히 다스린 다음 입을 열었다.

"무왕 동방천은 다시 태어나기 힘든 무신(武神), 무공에 미친 사람이었다. 그가 중단할 수 없어 끝까지 갔던 게 아니라 지금 너처럼 욕심이 화를 불렀던 게야. 스스로 죽을 걸 알면서도 계속 가는 사람은 없다. 구절신공은 애초에 구성이 그 끝이었던 게야. 거기가 인간이 이룰 수 있는 한계점이었고, 그 한계를 뛰어넘은 십성의 단계는 인간의 범주에선 가선 안되는 경지였던 거다. 무왕이라 칭송받던 천고의 귀재까지 실성에 이르게 하고 다시 모든 걸 잃게 되는 파멸의 단계! 그러니 욕심내지 마라. 구성이라고 하지만 너는 이미 십성에 다다라 끝점을 완성한 것이다."

"저, 정말 그럴까요?"

"그렇다! 아비 말을 들어라! 너는 이미 누구도 대적할 수 없는 극강의 인물이 되었다. 너도 알지 않느냐. 더 갈 필요 없다. 무왕 동방천의 구절신공에다 밖에 있는 오백 무망살(無望殺), 그리고 이것! 충분해!"

편장우는 쥐고 있던 상자를 힘주어 들어 보였다.

"아! 아버지, 구하셨군요?"

"그렇다! 이 아비가 찾아냈다!"

"기, 기어이……."

편장우의 얼굴에도 편무열의 얼굴에도 함박꽃이 피었다.

"보, 보여주십시오, 아버지!"

"당연히!"

덜컹!

편장우가 아들을 향해 거침없이 상자 뚜껑을 열어젖혔다.

커다래지는 편무열의 눈.

"이, 이것이?"

"그래, 잘 보이지 않지? 가까이 와서 들여다보고 직접 만져
보아라. 천하제일의 기병, 만병의 왕이 들었다."

편무열이 긴장하고 조심스런 표정을 하고 다가와 손을 뻗
었다.

"그, 그렇군요. 있는 줄도 모르게 투명한 데다 차디찬 냉기
까지. 이런 신기한 물건이 있다니?"

"흐흐흐, 이제 아비의 말을 믿겠느냐. 더 갈 필요 없다는
말?"

"예, 예!"

편무열이 상자 안에서 눈을 떼지 못했다.

"차보아라!"

"지금요?"

"그렇다. 이건 아비가 널 위해 준비한 선물이다. 천하무적
이 된 내 아들을 위해! 푸하하하!"

"알겠습니다."

편무열은 거침없이 상자 안 투명한 물체를 꺼내 허리와 왼쪽 손목에 착용했다.

신기한 듯 연신 허리와 손목을 확인하는 편무열.

그때 편장우의 검의 거친 파공성을 내며 뽑혀 나왔다. 아들 무열을 향해서였다.

"앗, 아버지?"

피하고 대처할 틈도 없는 찰나.

쾅! 콰앙!

본능적으로 팔을 든 편무열 앞에서 폭음이 터졌다. 그럼에도 편장우는 검격을 멈추지 않았다.

콰쾅! 쾅쾅쾅쾅!

연속으로 퍼붓는 맹공.

눈까지 질끈 감고 움츠렸던 편무열이 그제야 눈을 뜨고 아버지 편장우를 확인했다.

분명 검격을 가하고 있었지만 멀쩡한 몸. 모조리 차단되고 있었다.

보이지 않는 벽에 막힌 것처럼 튕겨져 나가는 아버지 편장우의 검. 오히려 검격을 가하는 아버지의 검이 더 충격을 받는 모습이었다.

"아버지?"

마음껏 아들을 후려쳤던 편장우가 만면에 웃음을 머금은

채 검격을 멈추었다.

"어떠냐? 확인했느냐?"

"예, 아버지! 어리둥절할 정도로 엄청나군요. 제가 아무 짓도 안 했는데 방패막이 형성돼 모조리 막아내다니 그저 신기할 따름입니다."

편무열은 똑똑히 보았다. 검이 날아드는 곳마다 투명한 방패 같은 것이 생성되었다가 사라지는 것을.

"흐흐흐, 네가 무슨 짓을 하면 검을 휘두른 내가 살아남지 못한다. 네가 내력을 주입하는 순간 상대방의 검기 따윌 하나도 손실 없이 고스란히 되돌려 주는 역할까지 하거든. 거기다 신갑의 그 투명한 갑린(甲鱗)들을 발출해 수백여 명을 한꺼번에 쓸어버릴 수도 있다!"

"세상에? 사람들이 절대신병, 절대신병 하며 사하공의 기병을 찾는 이유를 알겠군요."

"그렇다. 하지만 이 무적신갑이야말로 절대신병 중에서도 걸작 중의 걸작, 따를 것이 없는 최고의 무기이다. 이제 누가 감히 널 건들 수 있겠느냐. 명실 공히 천하제일인이고 무림을 지배하고 다스리는 절대자가 되는 것이다."

"……."

편무열은 생각만 해도 설레는지 손목과 허리의 무적신갑에서 일렁이는 눈을 떼지 못했다.

"이젠 모든 고민을 놓겠구나. 바깥의 저 괴물들을 어떻게 통제할까 고민되기도 했었는데, 너로 인해 그런 걱정은 싹 날아가게 되었구나."

"고맙습니다, 아버지!"

"그래. 뿌듯하고 기쁘다. 내가 무왕의 구절신공을 우연찮게 획득한 그 순간부터 꿔온 꿈이 비로소 눈앞에 온 듯하구나. 하지만 아직 하나 모자라는 게 있다."

영리한 편무열이 입가에 미소를 그렸다.

"돈이겠죠."

"그렇다. 너와 나, 그리고 밖에 있는 저놈들만으론 결코 천하를 움켜쥘 순 없다. 명실상부 지배자가 되려면 모든 힘이 갖추어져 있어야 돼! 우리에게 모자라는 단 하나, 바로 돈이다!"

"걱정 마십시오, 아버지! 이제 무슨 걱정입니까. 힘으로 밀어붙일 수도 있는 것을."

마치 손에 다 잡은 듯한 편무열의 호기에 편장우가 고개를 저었다.

"아니다. 완벽한 지배자는 세상의 시선까지 신경 써야 한다. 세상 사람들이 동의하지 못하는 지배는 오래가지 못해! 내가 밀어붙일 줄 몰라서 지금까지 기다렸겠느냐. 모든 것을 완전무결하게 손에 집어넣기 위해 기다리는 것이다. 그러니 한 치의 실수도 없어야 한다. 누구도 우리가 한 짓인지 모르고 자연스럽게 우리 손에 넘어오도록!"

"알겠습니다, 아버지! 좀 더 신중히 접근하겠습니다."

"무결이 녀석 왔다더구나. 알고 있느냐?"

"예, 보고 오지 않았습니까?"

"바로 왔다. 그놈 봐서 뭣해."

"아마 수련 중일 겁니다. 아버지께서 만들어놓은 검법들이 진정한 가문의 검공이라며 더 깊이 수련하겠다고 수련관에 박히더군요."

"흥, 쓸데없는 짓거리! 천하를 아우르고 모든 것이 곧 우리의 것이 될 텐데 그딴 짓을 해서 뭣 해! 원래 녀석이 그런 놈이다. 아둔하고 꽉 막힌 놈! 내버려 둬라. 제깟 놈이야 뭘 하든!"

"당연히 놔둘 참입니다. 어쨌든 집에 돌아온 녀석이잖습니까. 나중을 위해서도 잘된 일입니다. 나가시죠, 아버지. 이제 다음 단계를 진행해야지 않겠습니까."

"그래, 더 다그쳐야 할 놈들이 있지! 하지만 좀 더 수련을 해야 하지 않겠느냐. 구성에 도달했다 하더라도 무리 없이 운용할 수 있도록 해야지."

"틈틈이 하면 됩니다. 구절검공도 그 운용법을 완전히 터득했으니까요."

"완벽하구나. 검공까지! 무왕 동방천이 죽고 난 이후 세상에 파훼법이란 존재할 수 없다는 최고의 검공이다. 그것마저 연성했단 말이냐?"

"예, 아버지! 구절신공이 칠성 정도에 이르렀을 때부터 쉬워졌었습니다. 검공을 위한 신공이고 신공을 위한 검법이라고 해야 할까요. 흐흐흣, 두 무공의 조화가 더없이 완벽합니다. 거기다 이런 절대신병까지! 흐흣!"

편무열의 말에 편장우의 입이 절로 찢어졌다.

"좋구나. 무어라 할 말이 없다. 그래 가자. 나가서 어디 제대로 움직여 보자!"

*　　*　　*

"거참, 그놈이 없으니 무료하네."

"오라버니, 누구? 미기?"

나른하게 기지개를 켜며 지껄인 구대통의 말에 명원이 반응했다.

"으응. 희한하게 어딘지 허전해! 긴장감도 묘하게 떨어지고."

"호호, 제법 정이 들었나 보죠. 매일 티격태격해도 하는 짓이 신분에 어울리지 않게 예쁘고 귀여운 녀석이잖아요."

"음, 정말 그랬나? 있을 땐 우릴 제약한 혹 같더니."

"나중에 아주 왕부나 황궁으로 돌아가고 나면 그땐 정말 그리울지도 몰라요. 손녀같이 정이 들어서."

구대통이 대꾸 않고 갑자기 한곳에 눈을 고정했다.

"응? 저것들은 뭐야?"

"소교주께서 여기 계신다고?"

"그렇습니다, 벽 호법!"

일월천의 호법천왕으로 임명된 세 사람을 안내하기 위해 따라온 북소천이 극월세가 성벽을 올려다보며 벽사우의 물음에 답했다.

"여긴 상가잖아? 어째서 소교주가 이런 곳에?"

"그것이 설명하자면 깁니다. 일단 소교주께선 여기 주인인 사람과 정혼 관계입니다."

"뭣, 정혼? 여기 주인이 어린 여자란 말이냐?"

"그렇습니다. 비록 평온해 보여도 얼마 전 정체불명의 살수들에게 가주가 피살될 정도로 위협이 진행되고 있는 곳입니다."

"그래서?"

"소교주께선 지금 온몸을 불살라 이곳과 정혼한 여인을 지켜주고 있다고만 들었습니다. 그 와중에 남궁세가에서 진행된 무림 후기지수 대회에서 우승도 했고요."

"음, 그래? 소교주 무공 수위가 대단한 모양이군. 하긴 절대자의 아들이 평범할 리가 없지. 첩혈사왕 교주께서 가만뒀을 리도 없고."

"그게……."

"왜 그래? 문제 있어?"

"교주 말씀에 의하면 무공을 가르친 적이 없답니다."

"뭐? 그게 말이 돼?"

"심지어… 글조차 가르치지 않으셨답니다."

"……?"

북소천의 말에 벽사우, 역수, 풍미림 세 사람 모두 이해 안 된단 얼굴로 어리둥절해 했다.

"그럼 뭐야, 남궁세가에서 우승했다는 건 어떻게 된 거야? 무공도 모르는 사람이 이 큰 극월세가를 어떻게 지켜?"

벽사우가 대답을 재촉하자 가만히 있던 풍미림이 나섰다.

"벽사우, 너 바보냐? 사왕 오라버니가 가르친 적이 없다고 했지 무공을 모른다고 하진 않았잖아. 그럼 당연히 다른 사람이 가르쳤겠지. 네 말대로 무공을 모르고 어떻게 백도 후기지수들 대회에서 우승하고 이 큰 상가를 지킨단 말이냐. 머리가 그렇게 안 돌아가?"

"그, 그런가?"

벽사우가 멋쩍게 뒷머리를 긁적였다.

흑사신 역수도 풍미림의 말을 기정사실화하고 벽사우를 보며 빙긋이 웃었다.

그때 북소천이 세 사람 뒷골 당기게 만들었다.

"그… 것도 아닙니다. 소교주께선 누구에게도 무공을 배운 적이 없으시답니다."

"뭐뭣?"

"그냥 혼자 뒷골목에 파는 책을 사다가 익히신 거랍니다."

"……?"

모두 머리에 한 방 얻어맞은 듯한 표정을 짓는 세 사람. 벽사우가 인상을 썼다.

"너 이 새끼, 우릴 놀리는 거냐? 그게 어떻게 가능해?"

죽일 듯한 기세를 내보이는 벽사우.

"사, 사실입니다. 교주님께서 하신 말씀이고, 저도 소교주께서 싸우는 모습을 한 번 봤는데 정말 초급 무공들을 사용하고 있었습니다."

"말도 안 돼! 그건 무공으로 일가를 이룬 높은 경지에 있는 사람이나 가능한 일이잖아! 초급 무공 따위로 내로라하는 백도의 후기지수들을 꺾다니? 아무리 타고난 기재라도 그건……."

"아니요. 뭔가 다른 게 있었습니다. 말로는 설명이 안 되지만 남들과는 다른 특별한 감각 같은 게 있었습니다. 싸움 감각이라고 해야 할지. 상대방의 의도를 흐트러뜨리는 움직임, 당하더라도 본능적으로 치명상만큼은 피하는 움직임 같은 게 있었던……."

"음……!"

세 사람 모두 의문에 쌓인 답답한 신음만 토했다. 교주뿐 아니라 직접 본 사람이 말하는 것이니 의심을 가질 수도 없는 입장.

"뭐 지켜보면 알겠지. 넌 이제 돌아가 봐라!"

"알겠습니다. 그럼 교에서 다시 뵙겠습니다."

벽사우의 말에 북소천이 즉시 인사를 하고 물러났다.

북소천이 떠나자 벽사우가 다시 의문 가득한 눈으로 극월세가 성벽을 올려다보았다.

"흠, 정말 믿어지지 않는군. 아무리 사왕의 혈통이라지만 그런 능력이 있을 수 있는지."

흑사신 역수가 대꾸했다.

"어쨌든 네 말대로 지켜보면 알겠지. 시간은 많으니까."

벽사우가 고개를 끄덕이며 성벽으로부터 시선을 거뒀다.

그런데 그때 뜬금없이 등 뒤 아래쪽에서 누군가의 목소리가 들렸다.

"뭘 지켜보는데?"

"옴마야!"

귀영천사 풍미림이 화들짝 놀라는 모습을 보였다.

언제 다가왔는지 조그만 늙은이 하나가 바로 턱밑에서 눈알을 뒤룩거리며 지켜보고 있었기 때문이다.

"응, 뭘 지켜보고 무슨 시간이 많다는 건데?"

"영감, 뭐야?"

놀라긴 마찬가지였던 벽사우가 눈을 부라렸다.

"그러는 네놈들은 뭔데? 극월세가를 올려다보며 중얼거린

무서운 음모 221

말이 뭐야?'

"극월세가 사람이시오?"

"아니!"

"그런데 웬 참견이시오."

"……."

허름한 차림이긴 해도 보통 노인이 아닌 걸 눈치챈 벽사우였다. 임무가 있어 될 수 있는 대로 문제를 일으켜선 안 되는 그들이기에 언짢았지만 바로 자리를 피했다.

"가지!"

벽사우가 앞에 보이는 객잔으로 향하자 역수와 풍미림이 망설임 없이 따라 움직였다.

"네놈들 청해에서 온 놈들이지?"

다시 지껄인 노인의 말에 우뚝 멈춰 서는 세 사람.

벽사우의 표정이 일그러졌다. 성질 같아선 단칼에 베어버리고 싶지만 시작도 하기 전에 사고를 칠 순 없었다. 그리고 호락호락 베일 노인도 아니란 점이 문제였다.

그때 풍미림이 나섰다.

"어머머, 이 오라버니 웃기셔? 우리가 어디서 왔든 무슨 상관이세요? 아니에요, 우린 다른 곳에서 왔어요. 흥!"

온몸이 애교인 풍미림의 다소 어색한 발뺌.

"아닌데? 누굴 속이려고. 분명 너희들은 일월천에서 온 녀석들인데. 냄새가 풀풀 풍겨!"

"글쎄, 무슨 상관이시냐구요. 그렇게 궁금한 못생긴 오라버닌 대체 누구세요?"

"뭣? 못… 생긴?"

"그럼 본인이 잘생겼다고 생각하세요? 그 못생긴 얼굴 확 그어버리기 전에 그만 꺼지세요, 아시겠죠?"

누구나 빠져들 만한 고혹적인 외모로 배시시 웃으며 얘기하지만 귀영천사 풍미림은 무서운 여자였다. 사하공의 절대신병에 버금간다는 철금조(鐵禽爪)를 성명무기로 사용하는 여자. 그녀가 두 손을 뻗으면 상대는 갈기갈기 찢겨 죽을 수밖에 없다는 두 개의 철갑 금조를 손목에 팔찌처럼 차고 있었다.

"흥!"

같은 말을 해도 믿지 않게 하는 재주를 가진 풍미림이 콧방귀를 남긴 채 다시 화평객잔으로 향했다. 역수와 벽사우도 흘겨보며 뒤를 따랐다.

하지만 객잔을 들어설 때 또 다른 이들의 시비가 세 사람을 붙들었다.

"마도 녀석들이 어째서 극월세가에 관심을 갖는 것이지?"

객잔 앞 한쪽 자리에 앉은 두 노인네. 걸음을 멈춘 세 사람이 째려보았다.

첫 노인과 마찬가지로 범상치 않은 노인들.

벽사우가 뒤에 어슬렁거리며 따라오는 늙은이도 돌아보

았다.

"여기 투숙할 생각인가? 왜? 여기 묵으며 극월세가를 지켜보려고? 극월세가 무엇에 그리 관심이 있는데?"

점창파 최고 어른이자 무림 대존장인 점창일기 구대통. 그가 특유의 느물대는 어투로 거듭 세 사람을 자극했다.

"이 노인네가?"

발끈하는 벽사우. 그러나 흑사신 역수가 묵묵히 그의 팔을 잡았다.

귀영천사 풍미림이 다시 나섰다.

"이곳 사람들은 아무에게나 관심을 갖고 말을 거나 보죠. 슬슬 기분이 나빠지려고 하니까 서로 관심 접는 게 좋겠어요. 안 그럼 큰 사고가 생길 테니까."

"오호, 제법 무서운데. 알았어, 알았어. 안 건들 테니 들어가 봐!"

구대통이 한발 물러서는 척을 했다.

세 사람도 일단 객잔으로 발을 들여놓았다.

"음, 저놈들 마교 놈들 맞지?"

구대통의 말에 객잔으로 들어간 세 사람을 노려보고 있던 무양과 명원이 고개를 끄덕였다.

"그런데 전혀 다른 세상 놈들이 왜 극월세가에 관심을 갖는 걸까? 무슨 연관이 있다고?"

명원이 대꾸했다.

"오라버니, 여기 한동안 묵을 태세죠?"

"그래. 여기서 뭔가를 관찰할 모양이야."

"잘됐네요. 우리 시야를 빠져나갈 수 없으니. 우리도 지켜보죠, 뭐."

"흠, 수상한데? 조짐이 찜찜해! 한동안 잠잠하던 마교인데 다시 준동하려는 건 아니겠지?"

"그럴 리가요. 마도를 통일한 첩혈사왕의 존재가 없어진 이후로 분열 조짐까지 보이는 상태라면서요. 그런 그들이 어떻게 중원을 노려요."

"모르는 일이야. 오히려 분열을 막으려 전쟁을 선택할 수도 있는 놈들이니까. 역사를 보면 항상 내부의 쌓인 힘을 외부로 폭발시켜 왔던 그들이니까 언제나 견제하고 주시해야 돼!"

"그렇긴 하지만 간자(間者)나 첩정(諜偵)도 아니고, 겨우 세 놈 나타난 것 가지고 그리 해석하긴 좀 과한 듯하네요."

"흠, 아니야. 그래도 수상해! 다른 곳도 아닌 극월세가라는 것이……. 도대체 뭘 노리는 것일까? 그것참 두들겨 패서 물어볼 수도 없고."

"우리가 알지 못하는 다른 볼일일 수도 있잖아요. 그렇게 정 찜찜하면 무림맹에 연락해서 조사해 보라고 하죠 뭐."

"음, 그것도 쉬운 일이 아니야. 그렇게 밀정들이 오가다 보면 작은 충돌에 정말 전쟁으로 갈 수도 있는 문제라고. 일단 우리가 지켜보자고. 놈들이 무슨 속셈인지 그것부터 파악해 봐야겠어."

객잔을 노려보는 구대통의 눈초리가 여간 매서운 게 아니었다.

극월세가 정문을 한눈에 내다볼 수 있는 화평객잔 이 층에 객방을 구한 일월천 호법천왕 세 사람. 그들은 방에 들어서자마자 입구에서 마주친 늙은이들에 대한 말부터 꺼냈다.

"풍 누이! 어떤 자들 같소?"

"글쎄, 각자의 행색이나 기도를 보면 무림삼성이란 늙은이들 같아 보이긴 하는데, 백도의 대존장들이 이런 객잔에서 뒹굴고 있을 린 없고… 감이 잡히지 않네. 뭐 별별 희한한 인간들이 뒹구는 곳이니까 저딴 인간들이야 신경 쓸 필요도 없지."

"그래도 영 기분이 찝찝한데요. 분명 보통 늙은이들은 아니던데."

듣고 있던 흑사신 역수가 넌지시 받아쳤다.

"설령 무림삼성이라도 어쩔 거야. 첩혈사왕 교주가 돌아온 이상 수틀리면 모조리 엎어버리면 되는 것을."

"호호호, 그렇군. 분명 교주는 한동안 흐트러졌던 교의 결집을 위해서라도 힘을 모아 밖으로 분출하려 할 거야. 당연히 그 대상은 중원일 테고. 호호홋, 그 신나는 일이 언제쯤 이뤄

질까?"

벽사우가 생각만 해도 즐겁다는 듯 비린 웃음을 흘려댔다.

"그런데 누이! 우리 일 시작하기 전에 우선 내려가 한잔합
시다. 먼 길 왔더니 목에 먼지가 끼었는지 칼칼해 미치겠소.
어차피 배도 채워야 하잖소. 내려가 그 늙은이들 동태도 살필
겸!"

"호호, 무간뇌옥에 갇혀 있느라 죽을 맛이었지? 거기 어땠
어?"

"말도 마시오. 결코 인간이 들어갈 곳이 아니었소."

"그러니 뇌옥이지. 괜히 무간뇌옥이겠어."

"한잔할 거요, 말 거요? 안 한다면 나 혼자라도 내려가 마
시겠소."

"그래, 내려가자. 한동안 고생한 널 위해서 축배를 들어야
지! 졸지에 호법천왕 직위까지 얻었는데."

"갑시다!"

말이 떨어지기 무섭게 벽사우가 객방을 나섰다.

"점소이! 이 객잔에서 가장 잘하는 요리들과 최고의 술을
내⋯⋯."

아래층으로 먼저 내려온 벽사우가 고함을 쳐 주문을 하다
가 안으로 들어오는 구대통과 눈이 딱 마주쳤다.

비시시 웃는 구대통.

"왜, 대낮부터 술판을 벌이려고? 그럼! 먼 길 온 듯한데 목이 칼칼할 거야. 마셔야지!"

빠직.

속을 읽는 듯한 구대통의 이죽거림에 벽사우의 이마에 핏대가 섰다.

'이 영감태기가?'

마음 같아서는 어딘가 끌고 가 작신작신 밟아놓고 싶은 심정이었다. 이상하게 기분이 나쁜 늙은이.

벽사우가 외면하고 한쪽 자리를 차지하고 앉았다. 그런데 구대통이 다시 다가와 얼굴을 들이밀며 찝쩍거렸다.

"마침 우리도 출출해 한잔하려던 참인데 합석할까?"

그 순간 벽사우의 왼쪽 손에서 거친 섬광 한 줄기가 뽑혀 올랐다.

카랑!

순식간에 구대통의 목을 휘감는 칼날. 시커먼 묵(墨)빛 광채를 번뜩이는 두툼한 도신이었다.

동시에 객잔 내 모든 것이 얼어붙은 듯했다.

일촉즉발의 피가 난무할 분위기.

"영감, 이 객잔에 머물러?"

끄덕.

"마지막 경고다. 이 순간 이후 다시 귀찮게 하면 영감 목을 장담 못 해!"

광마 벽사우. 자신의 별호와 같은 광마도(狂魔刀)를 겨눈 그의 섬뜩한 눈매가 결코 허언이 아님을 말하고 있었다.

깔끔하고 유쾌한 성격이나 한 번 눈이 뒤집히면 거침이 없다는 그였다.

흑혈교가 다시 독립했다면 교주로 추대되었을 인물. 일신에 지닌 무력도 교주 궁뇌천에 비길 바가 못 돼서 그렇지 그만큼 막강한 벽사우였다.

구대통을 따라 안으로 들어서던 무양과 명원신니도 멈춰 섰고, 이 층 계단을 내려오던 흑사신 역수와 풍미림도 걸음을 멈춘 채 상황을 주시했다.

구대통이 그대로 한 번만 더 들이대면 그대로 싸움이 시작될 판. 그 위태로운 분위기에 구대통이 비시시 웃었다.

"까칠하긴! 먼 길 온 녀석들 환영해 주려고 했더니 싫다는데야 할 수 없지. 그래, 마셔라, 너희들끼리!"

다시 물러나는 구대통. 전혀 급할 것이 없다는 얼굴이었다.

구대통과 무양, 명원은 위층으로 가지 않고 구석 자리로 앉았다.

그제야 역수와 풍미림도 싸늘한 얼굴을 한 채 아래로 내려섰다.

"분위기 한번 엿 같군."

역수가 무림삼성을 째려보며 벽사우 앞에 마주앉았다.

묘한 기류가 흐르는 객잔. 무림삼성은 그들대로 세 사람을 힐끔대고 있었고, 벽사우 등도 무림삼성을 의식하지 않을 수 없었다.

"젠장, 저 늙은이들 그냥 확 해치워 버리고 먹을까? 음식이고 술맛이고 전혀 나질 않잖아!"

벽사우가 다시 툴툴거리며 눈을 부라리자 역수가 바로 진정시켰다.

"놔둬. 일부러 우릴 건드는 것 같으니까 말릴 필요 없어!"

"글쎄, 우리가 왜 저 인간들 눈치를 봐야 하냐고. 이 먼 곳까지 와서! 임무고 지랄이고 그냥 콱!"

"일단 두고 보자고. 저 인간들 속셈이 뭔지 정체가 뭔지 확인한 다음 엎어도 늦지 않으니까."

"행색으로 봐선 틀림없이 무림삼성이란 그 늙은이들인데, 진짜 그것들 아냐?"

"그러니까 두고 보자고. 만약 그들이라면 더 조심해야지. 사태가 커지니까."

"음, 암만 봐도 그 인간들이야. 그런데 그런 작자들이 여긴 왜 있는 걸까? 설마 소교주의 신분을 눈치채고 감시하는 것? 아니면 납치?"

건너편 자리를 향한 벽사우의 눈초리가 더 매섭게 일렁거렸다.

"이봐, 사우! 혼자 너무 앞서가는군. 진정 좀 해!"

"아냐. 만에 하나 저들이 무림삼성이 맞다면 저들이 상가인 극월세가 앞에 어슬렁대고 있을 이유가 없잖아. 소교주와 관련된 것 외엔."

"극월세가가 위협 속에 있다잖아. 그것 때문일 수도 있지."

"음, 어쨌든 그것 역시 소교주가 관계된 일이야. 만약 저들이 내 말대로 그런 것이라면 그건 전쟁이야. 우위를 점하겠단 수작이지."

"……."

혼자 북 치고 장구 치고 하는 벽사우 때문에 역수와 풍미림이 말을 잃었다. 전혀 그럴 가능성이 없는 건 아니나 비약이 너무 심했다.

"이봐 사우, 저들이 소교주를 어떻게 알고? 우리조차 소교주가 있다는 걸 몰랐는데. 비약하지 말고 지켜보자고. 만약 저들이 소교주를 향한 음모를 가지고 있다면 우리 눈을 피해 진행할 순 없을 테니까. 아직 저들이 누구인지조차 모르잖아."

"녀석들, 한 성깔 하는데?"

벽사우 등이 자기들끼리 한껏 의심을 키우고 있을 때 구대통과 무양, 명원도 그 못지않게 분석질 중이었다.

"아까 칼 뽑는 기도 봤지? 일월천 내에서도 최소한 무력 서

열 백 위 안에 있을 놈들이야. 워낙 무지막지한 놈들이라 저들 셋이면 나 혼자선 자신 못 해!'

무양과 명원이 고개를 끄덕이며 동의했다.

"어쩌면 최고위급에 해당하는 놈들일지도 모르겠군. 세 놈 다 일월천이 아니면 누구 밑에 있을 만한 놈들이 아냐. 저런 놈들이 나타났을 땐 분명 음모를 갖고 왔을 텐데 그게 무엇인지 정말 궁금하군. 더구나 극월세가라니, 전혀 연결이 안 돼!"

"설마 궁외수와 관련 있는 건 아니겠지?"

"궁외수?"

구대통의 말에 무양과 명원의 표정이 순식간에 굳었다.

"그래, 그놈이라면 마교에서 탐낼 만하잖아."

"하지만 어떻게 알고? 이제 세상에 나온 놈인데."

"그때 화산파 놈들이 마도들과 부딪쳤다고 하지 않았었냐? 그때 궁외수가 마도 놈들을 도왔다고 했었던 것 같은데?"

"……?"

"그동안 녀석은 알려질 만큼 알려졌고 놈들이 녀석에 대해 계속 알아봤다면 오히려 지금은 우리보다 더 녀석에 대해 잘 알고 있을지도 모르지."

"그럼 정말 궁외수 때문에?"

"그 일이 아니고 저놈들이 여기 나타날 일이 뭐야. 충분히 가능성 있는 말이야. 마도 통일을 완성했던 인간이 누군지 잊었어? 첩혈사왕이란 인간이잖아. 그리고 그는 영마였고!"

"……!"

무양과 명원의 낯빛이 경색을 넘어 사색으로 치달렸다.

"어… 떡하지? 우리가 손을 쓰는 게 너무 늦은 건가?"

"그게 사실이면 역시 재앙이 될 놈이었군요. 지금도 걱정인데 마교 손에 들어간다면 더 큰일이잖아요."

"당연히 막아야지. 아니면 놈을 먼저 죽이든가!"

"……."

다시 말을 잃은 명원과 무양. 구대통이 쉽게 말했지만 결코 쉽지 않은 일이었다. 일월천의 행사를 대놓고 막는다면 바로 전쟁을 예고하는 것이고, 궁외수를 죽인다는 것도 극월세가라는 큰 산이 버티고 있지 않은가.

그걸 모르지 않는 구대통이기에 짜증부터 토했다.

"젠장!"

그런데 그 소리가 너무 커 벽사우 등에게도 들렸다.

서로 눈이 마주치자 살기까지 일으킨 채 노려보는 그들.

한쪽은 무림의 터줏대감들로 기존에 눌러앉아 있던 세 사람이었고, 다른 한쪽은 느닷없이 들이닥친 일월천의 호법천왕들.

지금까지 사고 한 번 없이 늘 평화롭기만 하던 화평객잔이 자기들만의 생각을 가진 그들 여섯의 언제 터질지 모를 살벌한 긴장감 때문에 몸살을 앓아대기 시작했다.

第八章

말 못 하는 연정(戀情)

그래, 내가 궁외수다!

—궁외수가 자신을 적으로 간주한,
자신을 악마로 규정한 천하 군웅들을 향해 외친 말

"빙궁의 여인들은 어찌하고 있소?"

담곤 대신 내원 호위장을 맡고 있는 온조와 시종장 상희를 마주하고 있는 궁외수였다.

"뒤쪽 별채에서 꼼짝 않고 있습니다."

"음, 이곳에선 특별히 할 것이 없어 그럴 것이오. 무척 중요한 손님이니 불편함이 없도록 잘 부탁하겠소."

"예, 공자님!"

비쩍 마른 체격의 시종장이 고개를 숙여 답하자 외수의 시선이 온조에게로 향했다.

"귀살문 사람들이 지적한 허점들은 어찌 됐소? 잘 메웠습니까?"

"예, 빈틈없이 숙지시키고 경계 위치와 순찰 동선까지 모두 바꿨습니다."

끄덕끄덕.

"이 사태는 결코 안에서 마무리할 수 없소. 내가 밖으로 나가 있어야 할 때가 많을 수밖에 없단 뜻입니다."

"잘 알고 있습니다."

"음모를 파헤쳐 마무리할 때까지 놈들이 아예 엄두를 내지 못할 정도로 완벽한 경계를 해주시오. 편 가주의 안위가 지금부턴 경계, 감시에 달린 것이오."

"명심하겠습니다, 공자!"

"좋소. 그만 나가서 계속 일 보시오."

온조와 시종장이 나가는 것을 보고 외수도 자리를 털고 일어났다.

"공자님?"

집무실을 나서던 외수가 편가연이 부르는 소리에 돌아보았다. 자기 집무실 앞에 가만히 서 있는 걸로 보아 기다렸던 모양이었다.

가지런히 손을 모으고 선 모습. 외수가 의아해했다. 볼일이 있으면 들어오면 될 것을.

"왜 거기 그러고 섰어? 기다렸어?"

"네. 별채로 내려가시나요?"

"응, 달리 할 일도 없고 내려가서 칼이나 좀 휘두를까 하고."

"수련실을 따로 만들어 드릴까요?"

"지금 방도 무지 넓은데 뭘. 후후, 저번처럼 부수지 않을 테니까 걱정 마."

"······;"

뭔가 할 말이 있는 듯한데 꺼내지 못하고 뭉그적대는 편가연.

"할 말 있어?"

"저기… 요즘도 매일 밤 시시를 데리고 글공부를 하시나요?"

"응, 매일은 아니고 그냥 시간 날 때. 왜?"

"괜찮으시다면 오늘밤부터 제가 시시 대신 가르쳐 드릴까 해서……."

"왜, 시시가 하기 싫대?"

"그건 아니고……."

"그럼 됐어!"

"네?"

"그건 불편하잖아."

"제가 불편하세요?"

"시시와 같을 순 없지. 가주와 시녀, 어떻게 같아? 하늘과 땅 차인걸. 됐어. 신경 쓰지 마. 별로 어렵지도 않고 조금만 더 하면 될 듯하니까."

이제 웬만큼 글을 읽을 수 있게 된 외수였다. 시시가 읽어 준 일원무극공도 벌써 머릿속에 완벽히 새겨 넣고 있었다.

싱긋 웃어 보인 외수가 곧장 별체로 향했다. 무언가 같이 하며 함께 있는 시간을 늘리려던 편가연이 애타는 발만 구르고 있었다.

"시시 소저, 오늘밤 경극 공연을 보러가는 건 어떻소? 끝나면 폭죽도 쏘고 연등 행사도 한다는데."

"제발요, 송 공자님! 아시다시피 저는 시녀예요. 그런 데 갈 시간도 없고 허락 없인 갈 수도 없다고요."

"허락은 문제없소. 소저는 결정만 하면 되오."

"비연 언니랑 다녀오세요. 저는 안 돼요."

"비, 비연? 말도 안 되오. 그녀는 목석같은 성격이라 그런 델 좋아하지도 않소."

외수의 방과 반야의 방을 청소하느라 부지런히 물통과 걸레를 들고 오가는 시시. 그리고 하루 종일 그녀 뒤만 졸졸 쫓아다니는 송일비. 본채에서 내려오던 외수가 그들과 딱 마주쳤다.

"왜 이리 토닥거려?"

"야, 궁외수!"

송일비가 마침 잘 만났다는 듯 소릴 질렀다.

"네가 시시 소저 좀 설득해 주라."

"뭘?"

"오늘 밤 경극 공연을 보러가려는데 허락을 받아야 한다잖아."

"갔다 와!"

"……."

외수의 말에 걸음을 멈추고 멀뚱히 돌아보는 시시.

"좋은 기횐데 일만 하고 사는 것도 안 좋아."

"그렇지? 맞아, 아무리 시녀라도 자기 여가도 없이 사는 건 말이 안 돼! 말 잘한다, 궁외수!"

처음으로 맘에 들었다는 듯 자기 방으로 가는 외수를 향해 송일비가 환호를 했다.

"자, 소저! 물동이랑 걸레는 내려놓고 어서 준비해 나갑시다. 오늘 시시 소저 생애 최고의 날을 만들어주겠소."

송일비가 물통과 걸레를 빼앗는데도 시시의 눈은 외수만 보고 있었다.

"……."

갑자기 마음이 아파오는 시시였다.

"뭐하고 있소, 시시 소저?"

"알, 알겠어요. 잠깐만요. 아가씨께 말씀을 드리고……."

슬픔을 감춘 시시가 송일비의 손을 뿌리치고 본채로 향했다.

"하하하, 천천히 준비하시오! 이 송일비는 만전의 준비를 해놓고 기다리겠소!"

신이 난 송일비가 시시의 뒷모습에다 대고 소리쳤다. 그도 외수도 시시가 눈물을 머금고 있는 것을 보지 못했다.

*　　　*　　　*

저녁을 먹고 난 후 내공 수련에 들어간 외수의 방. 아직 어둠이 내리진 않았으나 고요함만 감돌았다.

"어머, 어딜 만지세요. 손 저리 치워요!"

"흐흐, 시시 소저! 이제 밤도 깊었고 술도 한잔했는데, 우리 어디 조용한 데 가서 열락의 밤을……."

"무슨 소리예요? 어머, 안 돼요. 아앗, 송자님! 이러지 마세요!"

번쩍!

수련에 몰입해 있던 외수가 갑자기 무엇에 놀란 듯 눈을 번쩍 떴다.

"이 인간이?"

인상을 쓴 외수. 잡념이 수련을 방해한 탓이다.

멍한 외수였다.

"내가 왜 이래? 설마 그러려고. 그럴 인간까진 아니잖아. 맞아. 괜찮을 거야."

외수는 마음을 진정시키고 다시 눈을 감았다.

"......"

하지만 일각도 되지 않아서 그는 다시 눈을 떴다.

"에이, 운공은 관둬야겠군. 쓸데없이 잡념만 끓어!"

외수는 자리에서 일어나 자신의 검을 움켜잡았다. 파천대 구식을 연습할 작정이었다.

한데 검을 들고는 저번에 뚫렸던 반야의 방 벽을 응시하며 물끄러미 서 있기만 했다.

"폭죽… 놀이라니, 쩝!"

느닷없이 반야의 방으로 향하는 외수.

똑똑.

"반야, 들어가도 돼?"

"네."

외수 방 바로 옆에 붙어 길쭉한 반야의 방. 외수가 문을 열고 들어서자 맨 안쪽 침대에 앉았던 반야가 일어섰다.

"무슨 일이에요?"

"뭐해?"

"아무것도요."

"폭죽놀이랑 연등 행사 한다는데, 갈래?"

깜짝 놀라는 반야. 싫어할 그녀가 아니었다.

"뭐, 뭘 준비하면 되죠?"

"준비는 무슨! 지금도 예뻐! 당장 가자고!"

외수가 반야의 손을 덥석 잡았다. 어딘지 급한 외수의 손에 이끌린 채 반야는 졸지에 방을 나서야만 했다.

"어디 가?"

방을 나서자 별채로 들어오던 조비연과 딱 마주쳤다.

"연등 행사!"

"그런 것도 해?"

"몰라, 오늘 한대!"

대꾸가 짧은 외수. 걸음이 무척이나 바빴다.

"같이 가도 돼?"

"뭐?"

바쁜 외수의 걸음이 우뚝 멈췄다. 전혀 생각지도 못한 말이 조비연에게서 나온 탓이다.

빤히 조비연을 노려보는 외수.

"왜, 나는 가면 안 돼?"

"안 될 거야 없지만… 넌 본채 지켜야 하잖아. 송일비도 없는데."

"……."

"나까지 나가고 나면 편가연은 누가 지켜?"

"……."

표정 변화를 갖지 않고 쳐다보기만 하는 비연. 노려보는 건지 쳐다보는 건지.

그때 엉뚱한 곳에서 비연의 묵묵부답에 답을 던져 왔다.

"저도 같이 가면 되죠."

"뭐?"

돌아보는 외수와 비연.

편가연이었다. 그녀가 시녀들을 줄줄이 거느리고 본채와 별채 사이 복도를 걸어오고 있었다.

저녁 시간만 되면 외수를 위해 약사발을 들고 오는 그녀였다.

단순한 약사발도 아니었다. 영약에 가까운 보약.

편가연이 빙긋이 웃었다.

"저도 같이 가면 안 되겠어요? 그러면 모든 것이 해결되잖아요."

"안 돼! 너무 위험해!"

일언지하에 반대하는 궁외수. 당연히 그 인파로 복작거리는 장소에 그녀를 세운다는 게 용납이 안 됐다.

하지만 편가연은 이럴 때 궁외수의 약점을 잘 알고 있었다.

"어릴 때 아버지와 손잡고 폭죽 구경하던 게 생각나네요. 돌아가신 이후로 한 번도 기회를 가져 보지 못했는데 이제 어쩌면 영영 기회가 없을 수도 있겠죠. 한 번쯤 더 보고 싶은데."

"야, 이건 매년, 해마다 하는 거잖아!"

"하지만 누구와 보느냐가 중요한 것이죠. 저는 다시는…
흑, 흑흑!"

짐짓 눈물을 짓는 척까지 하는 편가연의 연기에 외수의 얼
굴이 일그러졌다.

"알았어, 가! 대신 죽어도 난 몰라!"

그제야 편가연의 입이 길게 찢어졌다.

"그럼 잠깐만 기다리세요. 이대론 갈 순 없으니 변장을 하
고 올게요. 우선 약부터 드세요."

시녀가 들고 온 약사발을 건네게 한 편가연은 뒤도 안 돌아
보고 자신의 방으로 돌아갔다. 줄줄이 시녀들을 끌고.

"너, 눈물 연기에 쥐약이구나?"

비연의 중얼거림.

외수가 눈을 흘겼다. 하지만 반박할 수가 없었다. 정말 그
런 것 같은 자신이었기 때문이다.

"뭐야?"

잠시 후 본채에서 내려온 편가연을 보고 외수가 눈꺼풀을
깜빡였다. 변장을 한 편가연이 정말 감쪽같아서였다.

조비연도 놀랍다는 듯 보고 또 다시 보았다.

싸구려 천으로 만든 희고 까만 시녀 복장에 화장은 깨끗이
지웠고 머리 위에 손수건 같이 작은 청소 두건까지 쓴 그녀.

완벽했다. 누가 봐도 시녀라고 보지 편가연이라고 생각지

않을 듯했다.

늙고 젊은 시녀들을 줄줄이 달고 올라가더니 이렇게 완벽
한 변신을 하고 내려올 줄이야.

"어때요?"

시녀복 치맛자락을 살짝 들어 보이며 웃는 편가연.

"화장발이었구만!"

"네?"

"아냐, 완벽하다고."

"가세요. 마침 날도 어두워지니 더 알아보기 힘들 거예
요."

"그건 네 생각이지. 너만 알아보지 못하면 뭐해. 이젠 날
알아보는 놈들도 있을 텐데."

"어머, 그렇군요. 그럼 공자님도 시종 변장을 하시겠어
요?"

"됐어! 그러다 구경 시간 다 놓치겠네."

"호호, 얼른 가요. 어쩌면 시시도 마주칠지 모르지만 그들
의 시간을 우리가 방해하면 안 되겠죠?"

"……."

졸지에 편가연에 조비연까지 달고 나서게 된 외수는 그저
말없이 별채를 나섰다.

"나가십니까, 공자님! 엥? 그런데 넌 누구냐? 못 보던 얼굴
인데?"

정문 위장 태대복이 문을 나서는 궁외수를 보고 인사를 하다 변장한 편가연 때문에 눈을 껌뻑였다.

"새로 온 시녀 선선이에요. 앞으로 잘 부탁드립니다, 태 위장님!"

꾸벅 인사까지 하는 편가연.

너무도 자연스러운 그녀의 모습에 궁외수가 픽 웃었다.

"그래, 궁 공자님 처소에 새로 온 아이가 있다더니 바로 너였구나. 잘 모셔라!"

"네, 위장님!"

생글생글 웃고 문을 나서는 편가연.

하지만 외수는 태대복 때문에 또 눈을 껌뻑였다. 별채에 새로 온 시녀가 있다는 건 금시초문이었기 때문이다.

태대복이 편가연을 알아보았단 뜻?

하긴 세가 내 인물들의 얼굴을 기억해야 하고 평생 봐온 그가 아무리 변장을 했다 해도 편가연을 못 알아보는 게 더 이상한 일이었다.

천연덕스럽게 빙긋이 웃고 있는 태대복. 드나드는 자들을 감시하는 정문 책임자다운 노련함이 그에겐 있었다.

"어라, 저놈 나가는데?"

이 층 노대에 앉아 있던 구대통이 궁외수를 발견하고 목을 길게 뽑았다.

"이 시간에 어딜 가는 거죠? 따라가야 하나?"

명원이 고민하는 척하자 구대통이 다시 목을 집어넣으며 고갤 저었다.

"뭘 따라가? 오늘 무슨 이런저런 행사한다고 사람들 다 몰려갔잖아. 촌놈이 거기 구경 가는 게지. 놔둬!"

"가서 사고 생기면 어떡해요."

"그때 쫓아가면 되지 뭘. 일일이 어떻게 따라다녀. 멀리 가는 것도 아니니까 오늘은 놔두자고."

"그럴까요."

명원이고 구대통이고 외수가 사라지는 걸 멀거니 쳐다보며 앉은 자리에서 일어나지도 않았다.

하지만 변수가 있었다.

"역수, 저 사람 소교주 같지 않아?"

"그렇군. 인상착의가 똑같아! 아주 예쁜 시녀를 데리고 다닌다는 것도 맞고. 흐흣, 드디어 뵙게 되었군."

"일단 따라가 보자고. 어딜 가시는지. 인상도 익힐 겸!"

"좋지!"

막 저녁 식사를 끝낸 벽사우와 역수, 풍미림이 동시에 자리를 털고 일어났다.

"엇, 저놈들?"

구대통의 눈에 띈 세 사람. 이번엔 구대통이 앉은 자리를 박차고 벌떡 일어났다.

"왜 그래요?"

명원과 무양이 목을 뽑아 아래를 내려다보았다.

"틀림없어! 저놈들 궁외수를 쫓아가는 거야! 거봐, 내 말이 맞지! 어서 일어나. 따라가 보게."

"음, 단순히 연등 행사 가는 것일 수도 있으니 일단 건들지 말고 멀리서 지켜보자고요."

"당연하지! 따라오기나 해!"

*   *   *

인산인해였다. 연등절 행사가 치러지는 연못과 강변엔 북적이는 사람들로 인해 조금만 걸어도 옆 사람과 부딪칠 수밖에 없었다.

"대단한 인파로군. 영홍 땅 사람들은 다 쏟아져 나온 것 같아!"

"호호, 일 년에 한 번 있는 행사니까요. 그런데 뭘 그리 두리번거리세요? 적을 경계하는 거예요?"

"으, 으응, 그냥 뭐!"

얼버무리는 외수. 외수는 시시를 찾아보려던 것을 포기했다. 모래밭에 떨어진 바늘 찾기보다 더 어려울 듯싶어서였다.

"반야, 등 띄우고 소원 빌어야지? 저쪽으로 가자. 등을 파는 것 같으니까."

외수는 반야를 이끌면서도 잠시도 편가연에게서 눈을 떼지 않았다. 언제 적이 그녀를 덮칠지 모르기 때문에 신경을 바짝 조이고 있었다.

다행히 편가연은 정말 시녀처럼 행동했다. 너무도 자연스러웠기에 그녀를 알아보는 사람이 없었다. 어쨌든 여러 가지로 그녀에겐 잘된 일이었다. 성가실 일도 없고 마음껏 자유를 즐길 수 있으니.

다만 그녀가 이런 식으로 자꾸 나오자고 할까 봐 그게 걱정일 뿐.

"아무래도 여긴 사람이 너무 많아. 어서 강변으로 내려가야겠어!"

"호호, 강변이라고 다를까요? 오히려 거기가 더 미어터질 수도 있는데."

"뭐 찾아보면 한산한 쪽도 있겠지. 이렇게 부대끼며 걷는 건 너에게도 그렇고 반야도 고생이라고."

"그렇군요. 알겠어요. 제가 등을 사올게요."

"야, 같이 가야지!"

외수가 마음대로 혼자 인파들 속을 헤집고 뛰어가는 편가연을 향해 버럭 소릴 질렀다. 하지만 그러거나 말거나 한참 신이 난 편가연은 등을 진열한 노점으로 가 등을 골랐다.

"공자님, 이게 예쁜데 어때요? 전 이걸로 하겠어요."

편가연이 커다란 등 하나를 들고 행복해했다.

"음, 난 저게 예뻐 보이는군. 주인장 저쪽 걸로 두 개 주시오."

외수가 하나를 반야에게 건넸다.

"반야, 이게 예뻐 보여서 같은 걸 샀는데 괜찮지?"

"네."

등을 받아 드는 반야. 그러자 보고 있던 편가연의 표정이 멀뚱해졌다.

입이 툭 튀어나온 채 들고 있던 등을 불쑥 다시 장사꾼에게 내미는 편가연.

"아저씨, 이거 자세히 보니 맘에 안 들어요. 저도 저걸로 주세요."

심술쟁이 같은 모습을 보이는 편가연. 외수가 픽 웃곤 조비연을 쳐다보았다.

"뭐해, 넌 안 골라?"

"으응. 골라야지. 주인장, 저것으로 주시오."

비연이 고른 등은 진열된 것 중 가장 큰 것이었다.

"뭐야? 얼마나 큰 소원을 빌려고?"

외수가 놀리듯 말했지만 비연은 진지하게 대꾸했다.

"맞아. 많이 밀렸었거든. 우리 영감 몫까지."

"그래? 후후, 그럼 띄우러 가볼까?"

외수가 이끌자 바로 붙어 편가연이 따랐고 조비연이 뒤에서 주변 움직임을 살피며 따라 걸었다.

"복도 많으시군. 같이 하는 저 여인들은 다 누구야?"

벽사우가 감탄스럽단 듯 혀를 내둘렀다.

"하나같이 빙기옥골(氷肌玉骨), 눈이 빠질 정도 아닌가 말이지. 하나도 같이하기 힘들 미인들인데 셋씩이나 줄줄 달고 움직이시네, 거기다 정혼을 했다는 극월세가 가주마저 월궁(月宮)의 항아(姮娥)라며? 부럽군, 부러워. 왜 난 저런 화려한 젊은 시절을 보내지 못했는지. 쩝!"

"후후, 녀석하곤! 우리가 그럴 시간이나 있었냐. 무공 하나라도 더 익히려고, 조금이라도 더 내력을 쌓으려고 발버둥 쳤지. 그러지 않았다면 오늘의 우리가 있었겠냐."

"하긴. 그나저나 정말 사람 많군. 그럴 게 아니라 우리도 등이나 띄우지. 일 년 소원을 성취해 준다잖아."

"그럴까? 풍 누이는 어떻소?"

"좋아. 할 일도 없는데 뭐. 오랜만에 등이나 띄워 보자고."

풍미림까지 동의하자 천하의 일월천 호법천왕들이 연등놀이를 하러 나섰다.

"어라, 저것들이 뭐하는 짓이야? 왜 갑자기 등은 띄우고 지랄이야?"

구대통뿐 아니라 무림삼성 세 사람 모두 인상이 일그러졌다.

"예상이 완전히 빗나가는데요, 오라버니! 아직 지켜보는 단계일까요?"

"그렇겠지. 궁외수를 쫓아온 건 맞잖아!"

"그것도 단정할 수 없는 게, 같은 방향에서 온 것뿐이라……."

"에잇! 기분 잡쳤다. 돌아가자!"

"그냥 가요?"

"그럼 이 인간들 복작이는 데서 뭘 해?"

"우리도 등이나……."

"……."

구대통의 안면이 말로 표현할 수 없을 정도로 찌그러졌다.

"온 김에 폭죽놀이도… 보고. 어차피 돌아가 봐야 미기도 없는데 심심하잖아요."

"음음, 음!"

구대통이 뭐라 소리를 지르고 싶은데 억눌러 참느라 애를 썼다. 나이 구십이나 처먹고 물가에 나가 등을 띄운다는 게 상상조차 되지 않는 그였다. 하지만 명원이 원하는 눈치라…….

명원이 무양을 꼬드겼다.

"오라버닌 어쩌실래요. 돌아가 술만 드실 거예요?"

"아니 뭐, 난… 음!"

어정쩡하긴 마찬가지인 무양. 우물대는 그의 팔을 명원이 잡아끌었다.

그때 구대통이 어이없단 얼굴로 입을 열었다.

"야, 넌 그 나이 먹고 그런 게 하고 싶냐? 이팔청춘도 아니고."

"나이가 무슨 상관이에요? 그냥 풍속놀이고 구경하는 건데. 보세요! 늙은이, 아이, 가리지 않고 다들 모였잖아요."

"젠장!"

어쩔 수 없이 구대통은 명원 뒤를 졸래졸래 따라 걸었다.

＊　　＊　　＊

곳곳에 불이 밝혀져 강변은 전혀 불편할 것 없이 훤했다.

등에 촛불을 켜 물에 띄우고, 손을 모으고 눈을 감고.

외수는 기도하는 반야를 보며 문득 그녀가 무엇을 빌었는지 궁금해졌다.

"뭘 그렇게 간절히 소원했어?"

반야가 입을 삐쭉이며 외면했다.

"비밀이에요. 말하면 부정 탄대요."

"흐흣, 말 안 해도 다 알아! 앞을 볼 수 있게 해달라고 빌었지? 빤하지 뭐. 후후후!"

외수 입장에서 반야가 빌 수 있는 가장 큰 소원은 그것뿐이었다.

"틀렸어요. 알려고 하지 마요. 흥!"

"알았어, 알았어."

외수가 웃음만 흘리고 다시 편가연을 대상으로 했다.

"넌 뭘 빌었어?"

편가연이 눈을 흘겼다.

"말하면 부정 탄다는데 자꾸 묻는 사람이 어디 있어요?"

"아, 그렇군. 바보 아냐?"

제 머리를 쥐어박는 외수.

"자, 이제 폭죽 구경하기 좋은 자리를 찾아볼까."

"저기 위쪽으로 가면 좋은 자리가 있어요. 조망대가 설치된 높은 곳이라 수면에 비치는 폭죽까지 볼 수 있어요."

"그런 곳이라면 다른 사람들이 벌써 다 차지하지 않았을까?"

"호호, 그렇지 않아요. 가면 극월세가 사람들뿐일 거예요."

"어째서?"

"저희 땅이거든요. 근처가 휴양지로 적합한 곳이라 아버지께서 세가에서 일하는 사람들을 위해 마련하신 거예요. 별장부터 다양한 위락시설들까지 충분히 마련해 두셨죠. 지금은 가족들 데리고 구경나온 세가 식구들만 있을 거예요."

"그들만 출입하는 거야?"

"네, 오직 세가의 신분패를 가진 사람들만!"

"대단하군. 궁금한데? 폭죽 쏘아 올리기 전에 어서 가보자고."

"네, 저쪽이에요. 호호!"

밤이지만 편가연의 말대로 확실히 훌륭한 조망대였다. 강
을 끼고 도는 벼랑 위에 자리했고 올라오는 곳곳에 위락 장소
와 조망 시설들이 갖춰져 있었다.

입구부터 여기저기 세가 사람들이 붐볐지만 편가연을 알
아보는 이는 없었다.

편가연은 소나무가 우거진 조금은 으슥한 장소로 안내했
다. 물론 그곳도 조망대가 설치되어 있어서 한눈에 아래 풍경
이 다 들어왔다.

"멋지군. 굳이 폭죽 때문이 아니라 그냥 와도 훌륭한 장소
로군."

"맘에 드세요?"

"응, 낮에 와서 다시 보고 싶을 만큼. 얼마나 절경인지."

"다음에 여유 있게 모실게요. 기회야 앞으로 얼마든지 있
을 테니까."

말을 하면서 부끄러워하는 편가연.

그때 첫 번째 폭죽이 쏘아 올려졌다. 강어귀 어디에선가 쏘
아 올린 폭죽. 높은 곳에서 구경하는 폭죽도 감탄이 절로 나
올 만큼 장관이었다.

퍼펑! 펑! 펑!

연이어 밤하늘을 수놓는 불꽃.

편가연도 조비연도, 그리고 여기저기 사람들의 탄성이 불꽃마다 같이 터져 올랐다.

문득 자신의 팔을 잡고 선 반야를 돌아본 외수. 물끄러미 한곳만 응시하고 있는 그녀의 모습이 외수의 마음을 찔렀다.

외수는 자신의 팔을 잡은 반야의 손 위에 자신의 손을 가만히 얹었다.

"반야."

"……."

"불꽃 본 적 있어?"

고개를 가로젓는 반야. 그보다 힘없고 우울해 보이는 건 없을 듯했다.

"곧 보게 될 거야. 내가 반드시 보여줄게. 내년 이 자리에서!"

"……."

반야는 눈물이 날 것 같았다. 외수에게 와락 안겨 울고 싶었다. 고마운 사람. 한 번 한다고 하면 반드시 해낼 것 같은 믿음직한 사람. 결코 놓치고 싶지 않은… 사람.

반야는 자신의 생각이 부끄러워 더 깊이 얼굴을 감췄다.

*   *   *

"이제 끝난 모양이구려. 시시 소저, 어땠소?"

"감사드려요, 송 공자님! 덕분에 좋은 구경했습니다."

"하하, 그런 인사는 나중에 돌아가서 하시오. 아직 이르잖소. 하하하!"

"……."

무척 들뜬 송일비였다. 시시와 단둘이 보내는 시간. 쏘아 올려진 폭죽 불꽃이 밤하늘을 수놓는데도 시시의 자태를 훔쳐보는 데만 눈이 팔려 있던 그였다.

시녀복을 벗어던진 그녀는 정말 선녀 같았다. 편가연과 같은 숨이 막힐 듯한 아름다움은 아니었지만 너무도 소유하고 싶은 맑고 깨끗함, 세상 무엇이든 포용할 것 같은 부드러움이 보고 있는 것만으로도 진정할 수 없을 만큼 가슴을 설레게 했다.

"갑시다. 모든 행사는 뒤풀이가 가장 신나는 법이잖소. 이제부터 진짜 즐거운 밤을 보내 봅시다."

"죄송하지만 송 공자님, 이제 돌아가야 할 시간이……?"

"엥? 무슨 소리요. 하하, 걱정 마시오. 시시 소저 아니라도 극월세가는 도망 안 가고 잘 있을 테니. 오늘은 시시 소저만을 위한 시간이오. 자, 그러지 말고 어서 갑시다. 맛있는 음식은 물론 멋진 주루에서 최고의 술로 분위기도 잡아봐야 되지 않겠소."

덥석 시시의 손을 잡고 이끄는 송일비. 송일비로선 이대로 돌아갈 수 없었다. 어떻게 온 기회인데. 기필코 오늘 그녀의 마음을 조금이라도 움직이게 만들어야 했다.

"저, 저기 송 공자님?"

손목을 잡힌 채 끌려가는 시시가 어쩔 줄 몰라 했다.

"공자님, 이제 그만 돌아갔으면 좋겠어요. 술은 다음에……."

송일비가 멈춰선 채 돌아보았다.

"소저, 기회를 주시오. 오늘을 위해 만반의 준비를 했소."

"네?"

"나에 대해 말할 기회를 갖기 위해 조용한 주루를 통째로 빌려놨소. 시시 소저가 항상 바빠 이 같은 기회가 자주 없을 것 같아서 말이오."

"송 공자님……?"

시시의 부담이 얼굴에 고스란히 나타났다.

"소저, 오늘 같은 날이 오길 손꼽아 기다렸소. 그러니 부디 외면하지 말아주시오."

"저, 저는……."

말조차 잇지 못하는 시시.

송일비는 간절했고 상대의 절실함을 외면할 정도가 되지 못하는 시시는 손목조차 뿌리치지 못했다.

그때 생각지도 못한 방해자가 두 사람의 분위기를 깨뜨렸다.

"어머, 어떡하죠?"

어두운 숲길을 걸어 나오다 멈춰 선 사람들.

"이렇게 만나 버렸네. 미, 미안!"

"아가씨?"

"......?"

시시도 송일비도 눈이 왕방울만 해졌다. 편가연과 조비연, 그리고 궁외수와 반야까지. 네 사람이 자신들을 쳐다보고 있었다.

"어떡해. 마주치지 않으려고 했는데 여기 있었네? 하필이면 길도 하나뿐이라서 피해가지도 못하고. 송 공자님, 죄송해요!"

편가연이 대단히 무안해했다.

"뭐야? 왜 다들 여기 있는 거야?"

잔뜩 꾸겨진 채 소리치는 송일비. 울고 싶은 표정의 그였다.

편가연이 쭈뼛거리며 손가락을 꼼지락거려 길을 가리켰다.

"말했지만 저 위쪽에선 길이 여기 하나뿐이라 내려오다 보니. 죄송, 죄송해요, 송일비 님!"

"아가씨!"

연신 머리까지 숙여대며 미안해하는 편가연.

시시가 변장을 하고 밖에 나와 있는 그녀가 놀랍다는 듯 쪼르르 달려가 얼른 손을 붙잡았다.

졸지에 모든 계획이 산산이 부서져 버린 송일비. 모든 화가 외수에게로 꽂혔다.

"야! 궁외수! 왜 여기 있는 거야?"

뒷머릴 긁는 외수가 딴 데다 눈을 두고 대답했다.

"아니 뭐, 다들 폭죽 보고 싶다고 해서."

"으이그, 도움 안 되는 인간!"

"진정하라고. 누가 여기 있을 줄 알았나."

식식 대는 송일비를 뒤로 하고 외수는 슬그머니 시시를 보았다.

시시 역시 돌아보다 서로 마주치는 눈.

"……"

시시의 얼굴엔 부끄러움이, 외수의 눈엔 알 수 없이 얽히는 복잡한 심정이 아무도 몰래 스쳐 지나고 있었다.

*   *   *

"늦는군요, 아버지!"

바위에 걸터앉아 검으로 바닥의 잡초들을 푹푹 찍어대는 편무열이 언덕 아래로 이어진 길을 보며 짜증스럽단 듯 말했다.

"흠, 느슨해졌군. 이미 배가 불렀단 건가."

편장우 역시 멀리 길에다 시선을 고정한 채 못마땅함을 드러냈다.

"길을 들일 필요가 있겠어요. 누가 주체이고 주도자인지 깨닫게! 단순히 협력자로 생각하게 해선 안 되죠."

"그래 맞다. 이젠 서서히 깨닫게 해줄 필요가 있지. 흐흐흐!"

편장우가 뿌듯하단 듯 무열을 돌아보았다. 이 시대 가장 강력하다는 낭왕의 일원무극신공보다 더 강한 내공에 누구도 뚫을 수 없는 무적신갑까지. 불사신이 된 것이나 다름없는 아들을 보면 세상을 다 가진 것 같은 기분이 드는 그였다.

그러고 있을 때 언덕 아래 소로를 따라 올라오는 자들이 나무들 사이로 보였다.

"느긋하군."

올라오는 한 무리의 인간을 노려보는 편무열의 눈초리가 대단히 불만스러웠다. 더불어 땅바닥 잡초를 찍어대는 그의 검도 놀림이 거칠어졌다.

"안녕하시오, 편 가주!"

두 명의 수하들을 양쪽에 붙이고 등장한 자. 편장우가 동조자들 중 백수(白手)라 부르는 자였다.

"왜 이리 늦은 겐가?"

"많이 기다렸소? 따라붙는 자들이 있는 듯하여 조심하며 둘러오느라 조금 늦었소."

"그래? 따라붙는 자들은 확인했나?"

"아니, 확실치 않아서 뒤를 살피며 둘러오기만 했소."

"조심성이 없군."

"……?"

전과 달리 언짢아하는 편장우의 기색에 사십 중반 사내는 편무열을 쳐다보았다. 마찬가지로 불편한 기색을 보이며 쳐다보지도 않은 그였다.

사내의 표정도 싸늘히 굳었다.

"뭔 일이 있는 게요? 오늘따라 왜 이리 퉁명스럽소?"

"계속 계획이 늦춰지고 있잖소. 누구 때문에!"

편무열의 말에 다시 돌아보는 중년인.

"우리 때문이라 했는가."

"아니란 표정이군."

표독스런 편무열의 눈초리가 중년 사내에게 날아올라 꽂혔다.

"지금까지 피해를 가장 많이 본 게 누군데 그런 말을 함부로 지껄이는 것이냐. 지금까지 오십 명이 넘는 살수들을 잃었고 그 피해를 복구할 엄두조차… 헉?"

사내가 흠칫 놀라며 말을 멈췄다. 장난치고 있던 편무열의 검이 바닥의 돌을 자신을 향해 튕겨냈기 때문이었다.

쉬익! 휙!

가볍게 튕긴 듯했지만 쾌음이 날 정도의 속도와 무지막지

한 경력에 사내는 움직일 수조차 없었다.

쐐액!

귓가를 훑는 돌멩이들. 사내는 자기도 모르게 눈을 질끈 감으며 몸을 움츠렸다.

퍽! 콰쾅!

뒤에서 폭발하는 소리.

"쓸데없이 내 햇빛을 가리고 있군."

자리를 털며 일어나는 편무열을 보며 사내는 얼른 뒤를 돌아보았다.

오래된 노송 두 그루의 허리가 터져 넘어가고 있었다.

"……?"

실로 어마어마한 공력이었다. 장력을 쏘아낸 것도 아니고 그저 검끝으로 튕긴 돌멩이가 이와 같은 위력을 낼 수 있다는 게 믿어지지 않았다.

카랑! 쓰릉!

따라온 양옆의 두 사내가 즉시 칼을 뽑았다.

편무열이 삐딱하게 째렸다.

"뭐지?"

칼을 뽑고도 주춤대는 두 사내. 편무열이 달리 보였기 때문이다. 그저 편장우의 아들로만 인식했던 그가 극강 공력의 소유자일 줄이야.

백수라 불리는 중년 사내가 급히 안색을 추스르고 수하들을 제지했다.

"치워라!"

다시 편무열을 노려보는 사내.

"장난이 지나치군. 편무열!"

"일이 풀리지 않아 짜증이 나서 말이오."

"그래서 그 검이 날 향할 수도 있단 뜻인가?"

"……."

화를 키우며 마주 노려보던 편무열이 다시 검을 휘둘렀다.

부욱!

쳐 내듯 제자리에 선 채 허공을 긋는 편무열.

콰쾅!

다시 한 번 폭음이 터졌다. 이번엔 소나무들 자리를 빼앗고 있던 집채만 한 거대한 바위가 쩌억 갈라졌다.

이번에도 사내는 질색을 했다. 검기만으로 무려 높이와 두께가 삼사 장(丈)은 될 듯한 바위를 쪼개 버리다니. 경악 정도를 넘어 정신이 아득해질 정도였다.

"내 것을 무한 제공했는데 얻어지는 것이 없이 계속 허탕만 치는 꼴이면 내 검은 어디로든 향하오."

"……."

사내는 말을 잃었다. 객기 부릴 상황이 아니었다. 아까도 그랬지만 편무열이 마음만 먹었다면 터지고 쪼개진 건 자신이었을 것이다.

편장우가 눌린 사내의 분위기에 끼어들었다.

"이보게, 추 문주! 내가 보기에 자네들은 절박함이 사라진 것 같군. 내가 자네 아버지를 도와 어떤 일을 했는지 잊었나. 지금의 성장을 갖게 해줬고, 이만큼 커진 이후에도 더욱 큰 힘을 갖추도록 여러 자금줄을 끌어들여 최고의 지원을 해줬네. 그게 누구 덕이냔 말이지."

"……"

"먼저 피해를 말하니 더 화가 치미는군. 제 역할도 못 한 살수 몇 죽은 것이 우리가 감수하고 있는 피해보다 크다고 생각하는 건 아니겠지? 우린 최선을 다해 도와주었는데 너흰 지금까지 아무것도 보여준 것이 없어! 이 상태로 내가 얼마나 더 인내할 수 있을 것 같나?"

"……"

"더 기다리진 못해! 우리가 최선을 다한 만큼 너희도 최선을 다해 뭔가 결과를 얻어내란 말이야. 지금까지 쌓아온 신뢰에 금이 가지 않게!"

진중하게 말하던 편장우의 표정과 목소리가 점점 힘이 들어가고 거칠어지자 사내는 즉시 꼬리를 내렸다.

"알… 겠소. 지금까진 잘못된 정보들도 있었고 해서 좋지 않은 결과들만 받아들였지만 이제 결코 실망하지 않을 결과를 보여드리겠소."

"반드시 그래야지. 내가 나설 수 있었으면 벌써 끝났을 일이지만 나설 수 없기에 너희에게 그 막대한 투자를 하고 있다는 걸 명심해 줬음 좋겠군."

다시 부드러워진 편장우.

"알겠소. 실망시켜 드리지 않겠소."

"기대해 보지! 가봐!"

"그, 그럼!"

완전히 기가 눌려 버린 사내가 두말 않고 신형을 돌렸다.

떠나는 걸 지그시 쳐다보던 편장우가 쓴웃음을 머금었다.

"청부 조직 주제에 우리가 대우해 주니 아예 같은 등급에서 놀려고 들었군. 거지같은 녀석들!"

"그렇습니다, 아버지! 저놈들도 그렇고 다른 놈들도 이제 좀 더 거칠게 다룰 필요가 있습니다."

"그래, 아무래도 지금까지와는 달라져야겠지. 가자, 다른 놈들도 만나보고 세가에도 직접 가서 한번 확인해 봐야겠다!"

"그러시죠, 아버지!"

第九章

마음을 훔치려는 도둑

천벌을 받아도 좋아요. 제가… 그의 여자이게 해주세요.

　　　　　　　　　　　—연등을 띄우며 한 반야의 기도

　폭죽과 연등 행사 날 이후 송일비는 궁외수에게 단단히 부어 있었다.

　외수만 보면 괜히 시비 걸고 툴툴대고 못 잡아먹어 안달이었다.

　"그게 뭐냐?"

　너른 거실에 앉아 비도를 하나씩 날리며 혼자 무료한 시간을 보내고 있던 비연이 뭔가를 손에 들고 아주 흡족한 표정으로 별채를 들어서는 송일비에게 던진 물음이었다.

　"모, 몰라도 돼!"

　손에 든 것을 뒤로 감추며 당황하는 송일비.

"시시 소저는 어딨어?"

수상해서 눈을 껌뻑이는 비연이 턱을 까닥여 외수의 방을 가리켰다.

"또 그놈과 같이 있는 거야?"

"그의 시녀이니 당연하잖아."

"쳇, 빨리 시녀 신분을 벗어나게 하든지 해야지 도저히 안쓰러워서 못 보겠네."

안타까운 얼굴의 송일비가 외수의 방문 앞까지 가 바짝 붙어서 안쪽 기척을 살폈다.

"뭘 하는 거지?"

"글공부!"

비연의 말에 송일비의 얼굴은 또 구겨졌다.

"망할 자식, 그 나이 되도록 글도 안 배우고 뭐했담. 시시소저만 힘들게."

불만을 가득 안고 왔다 갔다 방문 앞을 떠나지 못하는 송일비였다.

"공자님, 이거 모르세요? 어젠 모두 잘 읽으셨잖아요."

"아니. 글쎄, 기억이 안 나! 모르겠어!"

"……?"

어리둥절한 표정의 시시.

그녀가 펼쳐 놓은 책은 소학(小學)이었고, 어제까지 외수가 쉽게 잘 읽어 내려가던 책이었다.

그런데 마치 그 뛰어났던 기억력이 사라진 것처럼 오늘은
대부분을 더듬고 있었다.

"혹시 머리 다치셨어요?"

도무지 믿기지 않는 시시가 외수의 머리를 유심히 쳐다보
았다. 혹시 넘어지거나 부딪쳐 다친 곳이 없는지.

"아니. 그냥 기억이 잘 안 나. 다시 바보가 된 건가?"

정말 이상하다는 듯 머리를 긁적이는 외수.

"······."

시시는 그동안 외수가 버거운 싸움들을 하며 많이 다쳐 왔
기 때문이라고 생각했다.

그렇지 않고서야 그 놀랍도록 뛰어나던 머리가 갑자기 기
억력을 잃을 수가 없다고 단정했다.

"일단 오늘은 좀 쉬는 게 좋겠어요. 그동안 너무 많은 일들
을 혼자 감당해 오셨잖아요. 그간의 피로 때문일 수도 있어
요."

"그, 그래. 좋아지겠지 뭐!"

"아가씨께 말해서 좋은 약을 지어 올리도록 할게요."

"아, 아냐, 시시! 조금 쉬면 나아질 거야. 약은 지겨우니까
그만둬!"

책을 접어놓고 일어나는 시시가 가만히 내려다보다 고개
를 끄덕였다.

"알겠어요. 그럼 쉬세요."

"그래."

돌아서 나가는 시시.

그녀를 쳐다보는 외수의 얼굴에 흐릿한 웃음이 흐르고 있었다.

덜컹.

송일비가 방문 앞을 서성이며 애태우고 있을 때 굳게 닫혀 있던 문이 열리며 찻잔을 챙겨 든 시시가 나왔다.

"시시 소저!"

반색을 하고 달려드는 송일비.

"소, 송… 공자님!"

그날 이후 마찬가지로 송일비를 대하는 것이 부담스러워진 시시였다.

"글공부는 끝났소?"

"네."

"멍청한 녀석! 이때까지 글도 몰라서 우리 시시 소저를 힘들게 하다니."

송일비가 방문에다 대고 눈을 부라리자 시시가 얼른 고갤 흔들었다.

"아니에요, 공자님. 전 조금도 힘들지 않아요. 그런 말씀 마세요."

"으이그, 착하기만 한 우리 시시 소저! 자, 이거 받으시오!"

송일비가 내민 비단 주머니. 딱 보아도 무척이나 고급스러운 주머니였다.

"이게 뭔가요?"

"선물이오."

"무슨……?"

얼굴 가득 역시 부담스런 기색을 지우지 못하는 시시.

그것을 송일비는 부끄러워 그러는 것이라고 여겼다.

"그러지 말고 어서 방에 가서 열어보시오. 내 마음을 담은 선물이오."

"……?"

자기도 쑥스러워하며 시시의 등을 떠미는 송일비였다.

어쩔 수 없이 떠밀려 주머니를 받아 든 채 본채로 가는 시시였다.

머뭇대며 돌아보는 시시에게 얼굴까지 붉힌 채 어서 가라고 손을 팔랑대는 송일비에게 비연이 한마디를 툭 던졌다.

"너, 어디 가서 훔쳐온 건 아니지?"

"뭐얏?"

"아! 어차피 훔친 게 되나? 네놈에게 뭔가를 살 돈이란 게 전부 훔친 것에서 비롯되는 것이니 말이야."

"이, 이게!"

"푸흐훗, 쌍심지를 치뜨면 어쩔 건데, 도둑놈! 내 말이 틀렸어? 너희 집에 쌓아놓은 재물도 어쨌든 조상 대대로 훔쳐서 축적한 거잖아. 크크큭!"

놀리는 게 분명한 비연의 말에 송일비의 안면이 붉으락푸르락 폭발 직전이었다.

"으이그, 내가 상종을 말아야지. 참는다, 참아!"

식식대며 자기 방으로 들어가 버리는 송일비.

"풋!"

콧방귀를 뀌며 송일비가 들어간 문을 보고 있던 비연이 문득 외수의 방문으로 시선을 돌렸다.

"……"

잠시 쳐다보다 고개를 떨어뜨리는 비연. 그러다 들고 장난치고 있던 비도를 갈무리하고 의자 옆 벽에 걸쳐 세워두었던 쌍도를 집어 들고 일어났다.

"어디 가서 이거라도 휘둘러야겠군."

"이… 건……?"

화장대 앞에 앉아 송일비가 준 것을 꺼내놓은 시시.

뛰어난 장인이 진귀한 보석으로 멋을 낸 아주 정교하고 아름다운 목걸이와 귀걸이였다.

"이런 건 아가씨께서 하실 때 시중들며 만져 본 기억밖에 없는데…….."

너무도 과분한 물건.

시시는 자신이 밉상은 아니란 것은 알고 있었다. 하지만 이런 값비싼 물건이 어울린다곤 생각지 않았다.

"안 돼. 이건 돌려줘야 해!"

거침없이 두 개의 귀금속을 주머니에 챙겨 넣은 시시가 자리를 박차고 일어났다가 멈칫했다. 바로 돌려주면 그가 무척 무안해할 것 같아서였다.

"어쩌지?"

다시 자리에 앉는 시시.

자꾸만 다가오는 송일비. 매몰차지 못한 시시로선 단박에 자를 방법을 생각해 낼 수가 없었다.

감히.

자신은 시녀일 뿐이지 않은가. 태생이 노비에 지나지 않는 자신을 좋아해 주는 무림 공자께 감지덕지해도 모자랄 판에 거절을 한다는 게 얼마나 실례되고 주제넘은 일인지부터 생각하는 시시였다.

"후유…….."

고개를 숙인 채 땅이 꺼지도록 한숨을 내쉬는 시시.

하긴 그보다 더한 죄도 심중에 담아보고 있는 자신이었다.

시시는 가만히 품속을 더듬어 꽃무늬가 수놓아진 또 다른 빨간 비단 주머니를 꺼냈다.

그리고 그 속에서 잘 접은 종이 한 장을 꺼내 조심스럽게
펼쳤다.

—나중에 장성한 은인의 아들이 찾아온다면 내 딸 '수연'
과……

시시는 자신의 이름이 적힌 부분을 확인하듯 읽고 또 읽었
다. 비록 자신의 정혼 문서가 아니라 해도 설레는 마음을 어
쩔 수 없었다.

'아가씨께선 내가 이걸 버린 줄 아시겠지? 이것도… 돌려
드려야 하는데……'

시시는 한참을 자신의 이름이 적힌 부분에서 눈을 떼지 못
하다가 결국 가만히 다시 접어 주머니에 넣었다.

두 개의 주머니를 든 시시. 하나는 편가연에게 돌아가야 할
주머니였고, 하나는 받을 수 없는 주머니였다.

말없이 두 주머니를 화장대 위에 내려놓고 한없이 내려다
보는 시시. 그녀는 밤이 되도록 그 상태에서 움직이지 않았
다.

*   *   *

저녁 식사 시간. 둘러앉은 자리에 시시가 보이지 않자 편가
연이 다른 시녀들에게 물었다.

"시시는 어디 갔나요?"

"아뇨, 아가씨! 방에 들어간 이후로 꼼짝도 않고 있습니
다."

"왜요? 어디 아픈 건가요?"

"글쎄요. 들여다보질 못해서."

나이 많은 시녀의 대답에 편가연이 외수를 쳐다보았다.
하지만 외수도 까닭을 몰라 어리둥절한 표정만 보일 뿐이었
다.

"가보고 올까요, 아가씨?"

"그러세요. 혹시 피곤해 잠들었거든 깨워서 식사하고 자라
하세요."

중년의 시녀가 조용히 물러나 곧장 시시 방으로 향했다.

조금은 긴장한 표정으로 물끄러미 쳐다보고 있는 송일
비.

비연이 그런 송일비를 슬쩍 쳐다보았으나 다른 말은 하지
않았다.

"아가씨, 오늘 식사는 건너뛰겠답니다."

"어디 아프던가요?"

돌아온 시녀의 말에 편가연이 이상해했다.

"아닙니다. 아픈 곳은 없고 단지 낮에 먹은 것이 좋지 않아

식욕이 없다고 하네요."

"그래요?"

"네, 조금 쉬면 괜찮아질 거랍니다."

"그럼 놔두세요. 우리끼리 식사하죠. 다른 분들 배고프시
겠어요. 어서 음식 내오세요."

"네, 아가씨!"

모두가 크게 신경 쓰지 않고 식사를 하는 동안 유독 송일비
만은 제대로 식사를 못 하고 시시의 방이 있는 바깥 복도 쪽
만 힐끔거렸다.

*   *   *

그후 시시가 방에서 나와 모습을 드러낸 건 제법 어둠이 깊
어졌을 때였다.

걱정 때문에 본채 시시의 방을 기웃대며 갈피를 못 잡다가
마당 달빛 아래 나와 앉은 송일비. 그의 앞에 그녀가 조용한
걸음으로 가만히 나타난 것이다.

"시시 소저?"

마당 정원석 위에 걸터앉았던 송일비가 깜짝 놀라 벌떡 일
어났다.

미소를 띤 시시였다.

"걱정했소. 혹시 나 때문이었소?"

혼자 속앓이 한 것이 확실히 표가 나는 송일비에게 시시는
고개를 저었다. 그리곤 조심스레 두 손을 내밀었다.

"우선 이것부터 돌려드리겠어요. 받으세요."

미소 띤 예쁜 얼굴을 지우지 않는 시시.

"왜 그러시오? 마음에 안 드시오?"

시시가 다시 예쁘게 고개를 흔들었다.

"그럼 왜?"

"송 공자님, 제게 너무 과분해요. 시녀인 제가 이곳에서 그
런 엄청난 걸 하고 다닐 수 있을 것이라고 생각하세요? 정히
제게 선물을 주고 싶으면 제게 맞는, 제가 세가 내에서 하고
다닐 수 있는 길거리 상품을 사주세요. 그럼 감사히 받을 거
예요."

"그래도… 가지고 있다가 나중에 하면 되잖소. 노비 신분
을 벗은 다음에!"

"아니에요. 그걸 가지고 있으면 허황된 꿈만 커질 거예
요."

"허황된 꿈… 이라 했소?"

"네."

달빛 아래 환하게 번지는 시시의 미소가 송일비의 애를 더
욱 태웠다.

"송 공자님?"

"말하시오."

"제가 노비 생활을 벗어나지 못하면 송 공자님께서도 노비로 살겠다고 하셨죠?"

"그, 그랬소!"

"그 마음 정말 고맙고 감사드려요. 하지만 그건 정말 말도 안 되는 소리이고 저를 괴롭게 하는 말이에요."

"어찌 그렇소."

"송 공자님이 왜 저같이 미천한 노비로 산단 말이에요?"

"살 수 있소!"

"아니에요. 송 공자님은 노비로 살아선 안 되는 분이잖아요. 그게 답이에요. 송 공자님께서 노비로 살 수 없듯 저도 노비가 아닐 순 없어요. 저는 같이 자란 아가씨가 전부인걸요. 그 말은 앞으로 어떤 기회가 닿아도 노비를 벗어날 생각이 없고 누군가를 만나 혼인도 하지 않을 거란 말이에요."

툭!

송일비가 들고 있던 주머니를 떨어뜨렸다.

충격에 놓친 것이었다.

"어머!"

시시가 즉각 다시 주워 들었다.

"이 귀중한 걸 떨어뜨리면 어떡해요. 자, 받으세요."

다시 손에 쥐어주는 시시.

시시는 똑같이 미소를 짓고 있었지만 송일비의 입술은 깨물어져 있었다.

"이까짓 거 필요 없소!"

악을 쓰며 던져 버리는 송일비.

패대기쳐진 주머니를 보고 있던 시시가 또다시 흔들리지 않는 걸음으로 걸어가 주머닐 주워 들었다.

"또 던지실 건가요?"

"그렇소! 내 마음을 전하지 못한 물건, 필요 없소!"

"어머, 적어도 노점의 예쁜 목걸이 하나는 바꿔다주실 줄 알았는데……."

번쩍 펴지는 송일비의 얼굴.

"바, 바꿔오면 받으시겠소?"

"선물이잖아요. 비록 마음은 편히 못 해드리지만 그 정도 선물은 받을 수 있어요."

"결국 내 마음을 받아줄 수 없단 뜻이로구려."

"송 공자님, 제발 저 같은 것 때문에 심경을 어지럽히지 말아주세요."

"싫소! 난 무슨 일이 있어도 당신을 포기하지 않을 거요. 당신이 내가 미워 죽겠다고, 보기 싫어 죽겠다고 떠나라고 하지 않는 한 난 당신의 마음을 얻으려고 노력할 거고 언제까지나 곁에 있을 것이오."

선언을 하듯 외친 송일비가 입술에 두 주먹까지 움켜쥐고 부들부들 떨었다.

왈칵 눈물이 솟을 걸처럼 벌게진 그의 두 눈.

"송… 공자님!"

안쓰럽게 마주 올려다보는 시시.

"기다리시오. 시시 소저! 난 천하에 훔치지 못할 것이 없고 훔치지 못한 것도 도둑놈이오. 내가 당신의 마음을 표적으로 삼은 이상 아무리 숨기고 감춰도 소용없소. 나는 반드시 그대의 마음을 훔쳐내고 말 것이오!"

휙!

주머니를 꽉 움켜쥔 송일비가 외원을 향해 달빛 아래로 몸을 날렸다.

과연 비천도문 후예답게 제비처럼 날아가는 그의 신형. 주루를 찾아 밤새 술이라도 퍼마셔 아픈 마음을 달래려는 모양이었다.

시시는 미소를 지운 채 한동안 그가 사라져 간 허공을 물끄러미 보고 서 있었다.

'죄송해요. 제 마음에 송 공자님 들어올 자리가 없는걸요. 이미 다른 사람이 채워져 버려서.'

속으로 미안함을 전한 시시. 가만히 돌아서 별채로 들어갔다. 별채 문을 통해 자기의 방으로 가려는 것이었다.

그런데 문을 들어서서 본채로 난 복도로 걸음을 옮기려던 그녀가 문득 걸음을 멈추고 고개를 돌렸다.

궁외수. 그가 불도 밝히지 않은 어두운 거실 창에 붙어 서서 우두커니 밖을 내다보고 있었다.

"공자님?"

깜짝 놀란 시시다.

주머니에 두 손을 찔러 넣은 외수는 비쳐 드는 달빛이라도 부서질까 시시를 돌아보지 않았다.

"놀랍군. 천하의 바람둥이로 소문난 비천도문의 후예가 저런 순정을 지닌 인간이었다니."

"……."

무겁게 눌린 거실 속 어둠. 시시도 외수도 어둠만큼 무겁게 눌린 채 미동도 하지 않았다.

아픈 정적.

애가 타는 그 정적 속에 시시가 먼저 움직였다.

"쉬세요."

또각또각.

시시의 발걸음 소리.

그제야 외수가 돌아보았으나 결국 아무 말도 하지 못하는 그였다.

*   *   *

사흘이 지나도록 송일비는 술만 끼고 살았다. 주루란 주루는 다 돌아다니고 심지어 죽림의 사하공과 같이 있는 아버지 송야은에게까지 찾아가 주정을 해대기도 했다.

"아버지! 저 사랑에 빠졌어요. 진짜 진짜 가슴에 박혀 빼낼 수 없는 사랑!"

"이 새끼야, 정신 차려! 임자 있는 여잘 좋아해서 어쩌겠단 거냐? 그러니 그리 아프지!"

"아버지 제발! 그게 아니라고요. 제가 사랑하는 사람은 아버지가 생각하는 그녀가 아니라… 됐어요! 흥! 엄마 한 분도 만족시켜 드리지 못한 아버지에게 내가 무슨 말을 한담."

"그래서 네놈은 천하 여자 다 끼고 노냐?"

"아, 글쎄 그게 아니라니까요! 됐어요. 안녕히 계세요! 흥, 다신 오나 봐라!"

"그래 인마! 다시 찾아오면 가랑이를 확 찢어버릴 줄 알아라! 이게 어디 와서 아비에게 술주정을."

결국 곤드레만드레하던 송일비는 열흘쯤 지났을 때 제정신을 찾았다.

"야, 조비연! 시시 소저 어디 있는지 못 봤어?"

갑자기 생글생글 웃으며 본래의 모습으로 나타난 송일비.

"저쪽 화단으로 물통 들고 가는 것 같던데."

"알았어!"

화단 쪽을 보고 씨익 미소를 지은 송일비가 즉시 신형을 날렸다.

화단이 가까워지자 걸음을 늦추고 살금살금 다가가는 송일비.

화단에 물을 주고 있는 시시를 발견한 그는 더욱 조심스럽게 다가섰다.

그런데 그때 시시가 가만히 돌아보았다.

"앗, 들켜 버렸네. 아하하, 시시 소저, 어떻게 알았소?"

시시가 긴 미소를 띠었다.

"그림자!"

"이런! 이래서야 최고의 도둑이랄 수 있나. 난 소저가 꽃인지 사람인지조차 헷갈렸는데. 시시 소저 앞에선 뭘 해도 작아지는구려. 하하하, 하하!"

웃음을 터트리면서도 민망한 듯 얼굴을 붉히고 머리를 긁적이는 송일비.

"공자님도 참. 그런데 어쩐 일이세요? 오늘은 기분이 무척 좋아 보이네요."

"그렇소! 아주 좋소!"

"기뻐요. 원래 기분을 찾으셔서."

"그렇소? 그렇다면 그런 의미로 이것 받으시오!"

꽉 쥔 주먹을 쑥 내미는 송일비.

"뭔가요? 혹시 노점 목걸이?"

시시가 예상을 하자 송일비가 또 과장된 몸짓으로 깜짝 놀란 표정을 했다.

"앗, 또 들켜 버렸네. 아하하하! 혹시 기다렸던 거요?"

말없이 눈을 흘기며 손을 내미는 시시.

"내가 직접 걸어주고 싶지만 참겠소."

송일비가 얼른 손 위에 목걸이를 내려놓고 도망치듯 휙 사라져 갔다.

손 위 목걸이를 반짝이는 눈으로 내려다보는 시시.

"어머, 안목 있으시네. 잘 고르셨어!"

빙긋이 웃으며 송일비가 도망친 방향을 쳐다보는 시시. 원래 모습으로 돌아온 모습을 보여준 송일비가 고맙고 또 고마운 그녀였다.

시시는 목걸이를 직접 목에 걸어보았다.

옷깃 밖으로 내어 건 목걸이. 보석을 흉내 낸 싸구려지만 반짝반짝 예쁘기만 했다.

시시는 그대로 목에 건 채 물통을 다시 들었다. 약속한 대로 못 하고 다닐 이유가 없었다.

*　　　　*　　　　*

"누구? 금평왕부에서 온 사람이 궁 공자님을 찾는다고?"

"예, 영령공주께서 보낸 사람이랍니다."

"그녀가 왜요?"

대총관 설순평의 보고에 편가연이 심장이 덜컥했다. 무림 삼성과 관련된 사람이기에 관부 권력까지 동원해 궁 공자를 핍박하려는 건가 싶어서였다.

"내용은 궁 공자님을 직접 뵙고 말하겠답니다."

"궁 공자님께 전했나요?"

"예, 태 위장이 보고드리고 있습니다."

"알겠어요. 어서 궁 공자님께 가죠."

일어나 급히 옆 집무실로 이동하는 편가연. 그러나 이미 보고를 받은 궁외수가 조비연과 같이 밖으로 나오고 있었다.

"공자님?"

"아, 편가연! 놀란 표정이군. 걱정하지 마. 내가 부탁한 일 때문에 온 걸 테니까."

"부탁이요?"

"응. 그녀에게 뭘 좀 알아봐 달라고 부탁했었어."

"그러세요? 저는 또……."

"후훗! 태 위장, 갑시다!"

외수가 태대복을 앞세우고 본채를 나서자 놀란 심장을 추스른 편가연도 뒤를 따랐다.

"궁외수 공자시오?"

본채를 나서자마자 안내를 받으며 걸어오는 인물. 멀리서 아주 오랫동안 달려온 듯 입고 있는 무관(武官) 복장에 먼지가 뿌옇게 앉아 있었다.

"꽤나 급히 달려온 모양이구려. 그렇소, 내가 궁외수요."

무관은 조비연과 송일비, 편가연과 시시, 설순평까지 모두 차례로 돌아본 뒤 입을 열었다.

"영령공주마마의 전갈이오. 궁외수 공자께선 감숙과 사천, 섬서 경계 지역에 있는 진회현(珍懷縣) 관부로 즉시 오시라는 전갈이오!"

"진회현 관부? 즉시 오라 했다고요?"

"그렇소!"

눈이 휘둥그레진 외수. 일단 대답부터 했다.

"알겠소. 그러겠소. 바로 출발하리다."

"그럼!"

두말없이 절도 있게 인사를 하고 돌아서는 무관.

편가연과 시시뿐 아니라 당사자인 외수까지 어안이 벙벙했다. 정보를 좀 알아봐 달라 부탁했는데 직접 오라니. 그것도 전혀 생뚱한 곳으로.

조비연을 쳐다보는 외수. 그녀가 혼잣말처럼 중얼거렸다.

"무슨 일이 있는 모양이군. 별로 기분 좋지 않은 일이!"

"음!"

신음을 삼킨 외수가 편가연을 돌아보았다.

"갔다 와야겠어. 세가의 일은 아니지만 가지 않을 수 없는 일이야!"

"오래… 걸릴까요?"

불안한 편가연의 눈빛이었다.

"그렇진 않을 거야. 만약 그런 일이라 해도 최대한 빨리 돌아올 수 있도록 할게."

"알겠어요. 다녀오세요. 조심하시고요."

"알았어! 시시 내 행낭과 비연의 행낭을 챙겨다 주겠어?"

"네, 공자님!"

시시가 즉시 별채로 달려 들어갔다.

외수의 눈이 송일비에게로 박혔다.

"송일비! 비연은 나와 같이 갈 테니 세가를 부탁해!"

"무슨 말인지 알아. 최선을 다해 지켜보지!"

"공자님, 최대한 빠른 말을 달라고 해서 타고 가세요."

편가연의 말에 외수가 고개만 끄덕였다. 그러고 있는 사이 시시가 행낭들을 들고 나왔다.

"고마워, 시시! 반야를 부탁해!"

"걱정 마세요, 공자님! 잘 다녀오세요!"

꾸벅 인사를 하는 시시.

조비연과 눈을 마주친 외수가 즉시 외원을 향해 빠르게 걸음을 내디뎌갔다.

영령공주 주미기가 이름도 낯선 관부로 오라한 까닭에 의
문을 품고서.

뒤에 남아 조비연과 떠나는 궁외수를 지켜보는 이들은 이
시간 이후 두 사람에게 일어날 분노와 파란을 짐작조차 할 수
없었다.

『절대호위』 8권에 계속…

내일을 향해 쏴라

김형석 장편 소설

FUSION FANTASTIC STORY

1만 시간의 법칙!
'성공은 1만 시간의 노력이 만든다' 는 뜻이다.

그러나…
사회복지학과 복학생 수.
전공 실습으로 나간 호스피스 병동에서
미치와 조우하다.

1만 시간의 법칙?
아니, 1분의 법칙!

전무후무한 능력이 수에게 강림하다!
맨주먹 하나로 시작한 수의
인생역전이 시작된다!

Book Publishing CHUNGEORAM

유행이 아닌 자유추구─
WWW.chungeoram.com

가프 장편 소설

관상왕의
1번룸

FUSION FANTASTIC STORY

거대한 도시의 그늘에서 벌어지는
짜릿하고 통쾌한 이야기!

『관상왕의 1번룸』

텐프로의 진상 처리 담당, 홍 부장.
절망적인 삶의 끝에서 만난 남국의 바다는
그를 새로운 인생으로 인도하는데…….

쾌락을 원하는 거부, 성공에 목마른 사업가,
그리고 실패로 절망한 사람들이여.

여기, 관상왕의 1번룸으로 오라!

Book Publishing CHUNGEORAM

유행이 아닌 자유추구 -
WWW.chungeoram.com

FANATICISM HUNTER

광신사냥꾼

류승현 판타지 장편 소설

FANTASY FRONTIER SPIRIT

「블레이드 마스터」의 류승현 작가가 펼쳐내는
판타지의 새로운 신화!

마도대전을 승리로 이끈 유리언 대륙의 영웅,
최강의 아크 메이지 제온!

그러나 '세상의 섭리'에 아내와 아이를 빼앗기는데……

『광신사냥꾼』

만약 그것이 정말로 세상의 섭리라면,
그마저도 무너뜨리고 말리라!

복수를 위한 제온의 위대한 여정이 시작된다!

Book Publishing CHUNGEORAM

유행이 아닌 자유추구 -
WWW.chungeoram.com

박선우 장편 소설
FUSION FANTASTIC STORY

PERFECT GAME
퍼펙트 게임

고통과 좌절의 시간들을 뛰어넘어
불사조처럼 일어나 세계를 제패한 사나이의 일대기.

대한민국을 넘어 메이저리그를 평정하며
명예의 전당에 헌정된 언터처블 투수, 이강찬.

강철 같은 어깨에서 뿜어져 나오는 그의 패스트볼은
무적이었으며 야구계에 길이 남을 **신화**였다.

야구만을 사랑했던 고독한 사나이.
그의 *퍼펙트게임*이 이제 시작된다!

Book Publishing CHUNGEORAM

유일한 이야나 자유추구
www.chungeoram.com

가프 장편 소설

관상왕의
1번룸

FUSION FANTASTIC STORY

거대한 도시의 그늘에서 벌어지는
짜릿하고 통쾌한 이야기!

『관상왕의 1번룸』

텐프로의 진상 처리 담당, 홍 부장.
절망적인 삶의 끝에서 만난 남국의 바다는
그를 새로운 인생으로 인도하는데…….

쾌락을 원하는 거부, 성공에 목마른 사업가,
그리고 실패로 절망한 사람들이여.

여기, 관상왕의 1번룸으로 오라!

Book Publishing CHUNGEORAM

유행이 아닌 자유추구 -
WWW.chungeoram.com

현대 소환술사

THE MODERN SUMMONER

FUSION FANTASTIC STORY

현윤 퓨전 판타지 소설

하늘이 무너져도 솟아날 구멍은 있다!

드래곤의 실험으로 모진 고난을 겪어야 했던 레비로스!
우여곡절 끝에 소환술사가 되어 최강의 자리에 오르지만
운명은 그를 나락으로 떨어뜨린다.

『현대 소환술사』

다시 한 번 주어진 삶!
그러나 그마저도 암울하기 그지없는데…….

소환술사 레비로스의
인생 역전이 시작된다!

Book Publishing CHUNGEORAM

유행이 아닌 자유추구
WWW.chungeoram.com

FUSION FANTASTIC STORY

성운을 먹는 자

김재한 퓨전 판타지 소설

『폭염의 용제』, 『용마검전』의 김재한 작가가 펼쳐 내는
이제까지와는 전혀 다른 새로운 이야기!

『성운을 먹는 자』

하늘에서 별이 떨어진 날
성운(星運)의 기재(奇才)가 태어났다.

그와 같은 날,
아무런 재능도 갖지 못하고 태어난 형운.
별의 힘을 얻으려는 자들의 핍박 속에서 한 기인을 만나다!

"어떻게 하늘에게 선택받은 천재를 범재가 이길 수 있나요?"

"돈이다."

"…네?"

"우리는 돈으로 하늘의 재능을 능가할 것이다."

Book Publishing CHUNGEORAM

유행이 아닌 자유추구 -
WWW.chungeoram.com